Die Nacht danach

DER ROMAN

Das erste One-Night-Stand von Henry endet mit einem Knall. Interkontinentalraketen regnen wie Sternschnuppen vom Nachthimmel. Rotglühende Pilzwolken platzen entlang des Horizonts. Der junge Student flieht mit seiner unerwarteten Gefährtin in den Bunker, den sein paranoider Vater einst unter dem Familienhaus errichtete. Zur gleichen Zeit haben nur wenige Kilometer entfernt die Eheleute Sarah und Scott in einem Kanalisationstunnel überlebt. Die Zeit läuft ihnen davon, denn Strahlung und Hunger folgen ihnen auf Schritt und Tritt. Ihre einzige Hoffnung ist es, möglichst schnell in den Bunker zu gelangen, den Scott einst half für Henrys Vater zu bauen. Der ehemalige Soldat ist fest entschlossen dafür alles zu tun. Eine Geschichte über Moral, Überleben und Liebe in einem Atomkrieg.

DER AUTOR

Der Schriftsteller Nikodem Skrobisz (*26.02.1999, in München) veröffentlicht unter seinem Pseudonym Leveret Pale phantastische Geschichten. Unter seinem bürgerlichen Namen erscheinen dagegen vor allem journalistische und wissenschaftliche Arbeiten, aber auch philosophisch und politisch inspirierte Romane wie *Das Erwachen des letzten Menschen*, *Der Faschist* und *Die Nacht danach*. Mehr Informationen gibt es auf seiner Webseite:
https://leveret-pale.de

Die Nacht
danach

2. Auflage aus dem Jahr 2022

Sämtliche Texte in diesem Buch sind fiktive Erzählungen.
Sämtliche Charaktere, einschließlich die der Erzähler, sind fiktiv
und eine Ähnlichkeit mit realen Persönlichkeiten rein zufällig.
Die in den Geschichten vertretenen Meinungen spiegeln weder die
des Autors noch die des Verlages wider. Die Verwendung der in
dem Buch aufgeführten Informationen geschieht auf eigene
Verantwortung. Der Autor und der Verlag haften nicht für durch
das Buch verursachte Schäden.

Bibliografische Information der Deutschen Nationalbibliothek:
Die Deutsche Nationalbibliothek verzeichnet diese Publikation in
der Deutschen Nationalbibliografie; detaillierte bibliografische
Daten sind im Internet über http://dnb.dnb.de abrufbar.

Coverbild:
A mockup of the Fat Man nuclear device.
Public Domain. U.S. Department of Defense

Nikodem Skrobisz
c/o Block Services
Stuttgarter Str. 106
70736 Fellbach

Herstellung und Verlag:
BoD – Books on Demand, Norderstedt

ISBN: 978-3-7568-4219-3

A nuclear war cannot be won and must never be fought.
R.R.

Inhaltsverzeichnis

I

Ihr Schnarchen rettete ihnen beiden das Leben, denn es weckte Henry gerade noch rechtzeitig auf.

Eine Weile starrte er die fremde Gestalt an, die da auf dem Bauch neben ihm lag. Ihre zerzausten, kastanienbraunen Haare hingen wie ein Fischernetz über den Kissen. Sie hatte seine ganze Decke an sich gerissen. Und sie schnarchte hemmungslos.

Wie war ihr Name nochmal? Sarah? Anna? Michelle? Nein, etwas wie ... Lina? Es fiel Henry nicht mehr ein.

In seinem Schädel schwappte das Gehirn im Alkohol und unzähligen widersprüchlichen Gefühlen, wie eine Olive in einem Martiniglas.

Angewidert stemmte er sich aus dem Bett, mit der vagen Idee in der Küche ein Glas Wasser zu trinken und danach auf die Couch im Wohnzimmer zu ziehen.

Als er am Fenster vorbeischlurfte, blitzte es draußen. Er blieb stehen und hob den schweren Kopf.

Der Sandstrand vor dem Haus lag verlassen im Mondschein einer wolkenlosen Nacht da. Die Sterne funkelten prächtig. Am Steg schaukelte ruhig das weiße Segelboot in den Wellen.

Henry wollte das Blitzen bereits als eine Sinnestäuschung abtun und weitergehen, als am Horizont über dem Meer ein kleiner roter Pilz wuchs.

»Huh?« Henry starrte einen Augenblick benommen aus dem Fenster – dann sah er die Sternschnuppen. Hunderte, tausenden von Sternschnuppen, die vom Himmel fielen. Es blitzte und es blitzte. Rotglühende Pilzwolken wuchsen entlang des Horizonts. Schlagartig war er hellwach. Sein Herz sank ihm in die Magengrube. Er stürzte zum Bett, packte die Fremde an den Schultern und schüttelte sie. »Wach auf!«

»Zehn Minuten noch«, murmelte die Fremde, wandte sich um und zog sich die Decke über den Kopf.

»In zehn Minuten bist du tot.«

Er packte sie am Oberarm und zerrte sie aus dem Bett, während er mit der freien Hand sein iPhone vom Nachtschränkchen schnappte.

»Lass mich los!«

Ihre langen Fingernägel fuhren ihm übers Gesicht. Er biss die Zähne zusammen und packte die Frau nur noch fester, während er auf das Fenster deutete und schrie: »Atom --!« Ein Donnern, so tief als würde das Fundament der Welt brechen. Die Fenster zersprangen. Der vor Glasscherben glitzernde Boden unter ihren Füßen vibrierte.

Die Arme der Frau sackten kraftlos herab und sie blieb stehen. Ihre geweiteten Augen, in denen die Reflexionen des brennenden Horizonts schimmerten, starrten gebannt in die Nacht.

Sie stammelte etwas, aber Henry hörte ihr nicht zu. Er rannte los und schleifte sie mit.

»Wohin laufen wir?«, rief sie.

Er zerrte sie durch den Flur, bevor er kurz innehielt, um mit Anlauf eine stählerne Tür aufzustemmen. In seinen Schultern knirschte es. Eine Treppe in unterirdische Schwärze tat sich vor ihnen auf.

»Der Bunker ist unsere einzige Chance.« Er schob die Fremde hinein und warf die Tür hinter ihnen zu. Ein zweites Donnern erschütterte das ganze Haus. Der Boden unter ihnen schwankte, als hätten sie betrunken ein Schiff bei hohem Wellengang betreten.

Er ließ ihre Hand los. Die Wände bebten. Metall schepperte. Sie schrie.

Dann leuchtete neben ihr die Taschenlampe seines Smartphones auf und erhellte die Treppenstufen.

»Wir müssen nach ganz unten, bevor eine in der Nähe einschlägt.« Er griff ihre feuchte Hand und stolperte hinab in die Finsternis. Sie liefen und liefen immer tiefer und tiefer, bis sie zu einer zweiten Stahltür kamen, die er hinter ihnen zuwarf.

Sie blieben endlich in einem kalten Flur aus Beton stehen. Er ließ der Fremden Hand los und sank benommen gegen die Wand.

Eine Gänsehaut kribbelte über ihre von der schwarzen Lingerie kaum bedeckten, langen Arme und Beine.

»Was zur Hölle ist hier los?«, schrie sie.

Henry, der vor ihr in einem hässlichen grauen und etwas zu großen Pyjama stand, öffnete den Mund.

Dann kam der Knall. Als hätte ein zorniger Gott mit einem Hammer so groß wie eine Stadt auf das Haus eingeschlagen. Die Decke, der Boden, die Wände, sogar die Luft – alles bebte und ein unheimliches Heulen dröhnte durch die knirschende Betondecke. Sie duckten sich, stützten sich an den wackelnden Wänden, und schrien diesmal beide.

So plötzlich wie der Hammerschlag und das Beben gekommen waren, setzte Grabesstille ein.

Nach einer Weile sagte er:

»Ich glaube, es ist fürs Erste vorbei.«

»Ich kann also wieder nach oben gehen?«

»Nun, also, das ...« Er atmete tief ein und stand auf, noch immer wackelig auf den Beinen, und beleuchtete die letzte Stahltür, die er hinter ihnen geschlossen hatte. Er verriegelte sie, wobei seine zitternden Finger mehrmals von dem Riegel abglitten.

»Ich befürchte nicht.«

»Warum?«

»Warum?« Er schluckte. »Also ... weil ... die Strahlung würde uns töten und ich ... ich weiß nicht, ob das die letzten Bomben waren.« Wie, um ihm recht zu geben, erschütterte ein Erdbeben die Wände.

»Fuck. Ich bin mit dir hier eingesperrt?«

Er zuckte mit den Schultern. »Du kannst jederzeit gehen. Aber das wäre eine ... nun, nicht sehr kluge Entscheidung. Die Strahlung an der Oberfläche wird erstmal ziemlich stark sein und danach ... wer weiß.«

»Großartig, einfach großartig«, sie stand auf und strich sich mit den Fingern ihre zerzausten Haare. »Was machst du jetzt?«

Er kniff die Augen zusammen und versuchte nachzudenken. Sein Schädel brummte. Die Gedanken bewegten sich so träge, wie Fliegen, die in Honig gelandet waren. Alles war zäh und wollte sich nicht bewegen. Er seufzte schließlich. »Wenn ich mich richtig erinnere, dann gibt es hier unten einen Stromgenerator«, er leuchtete mit dem Smartphone den Gang hinunter. »Den werde ich versuchen einzuschalten, danach sehen wir weiter.«

»Alles klar du Held«, sagte sie. »Hast du den Vape dabei?« Er sah sie fassungslos an. Sie warf die Hände hoch. »Oder eine Zigarette. Mach nicht so einen blöden Gesichtsausdruck. Was? Die Welt ist gerade untergegangen. Ich könnte jetzt eine Kippe gebrauchen, um drauf klarzukommen.«

»Stimmt, die Welt ist untergegangen«, murmelte er. Diese Erkenntnis traf sein Bewusstsein wie ein Zug in voller Fahrt.

»Oh mein Gott. Die Welt ist untergegangen. Meine Mutter, Alina ... die Universität ... « Er klappte zusammen. Heiße Tränen flossen über seine Wangen und brannten in den Kratzwunden. Das Smartphone sackte neben ihm zu Boden, sodass er durch den Tränenschleier nur noch die blassen Beine sah, die schnell auf ihn zukamen.

»Hey, hey«, sie kam zu ihm rüber und tätschelte seinen blonden Kopf. »Wir sind sicher. Alles wird gut.«

»Nichts wird gut! Verstehst du nicht? Alle sind tot. Alle!«, brüllte er.

Dann knallte es mitten in seinem Gesicht.

Sie hatte ihn mit der Rückhand geschlagen. Er gaffte sie mit feuchten Augen an, die aus dem rot angelaufenen Gesicht herausquollen.

»Nicht alle. Wir haben überlebt, auch wenn ich noch nicht weiß, ob das ein Fluch oder ein Segen ist.« Sie stemmte die Hände in die Hüften. »Dein Gejammer ist auf jeden Fall ein Fluch. Hör auf rumzuheulen. Machen wir diesen Scheißgenerator an und suchen mir Zigaretten.«

»Wie ... was?«, stammelte er.

»Ich brauche eine Kippe. Oder mindestens einen Kaffee. Ich raste sonst aus und das – das können wir jetzt wirklich nicht gebrauchen.«

2

In einem Wohnwagen in einem Trailerpark nur wenige Kilometer entfernt, saß Scott eingequetscht an dem kleinen Esstisch über einem Stapel Rechnungen und Mahnungen, eine Hand an einer halbleeren Flasche Scotch, in der anderen ein Shotglas.

»Was machst du jetzt?«, fragte Sarah, die am anderen Ende des Tisches in einem Bademantel zusammengesunken dasaß. Sie hatte ihre blonden Haare zu einem Dutt zusammengebunden und rauchte eine Zigarette.

»Scott trinkt Scotch«, sagte er und leerte mit einem Zug das Shotglas, sodass die wohlige Wärme des Alkohols in seiner Kehle brannte. »Das war schon immer so und du fandest das früher immer ganz sexy.«

»Früher hatte Scott aber einen Job und niemand hat uns angedroht den Strom abzudrehen.«

»Das letzte Mal, dass uns niemand gedroht hat den Strom abzudrehen - da haben wir noch bei deinen Eltern gewohnt. Wir sind uns glaube ich einig, dass das deutlich schlimmer war.« Er hielt die Flasche gegen das Licht und schwenkte sie leicht. »Das ist übrigens unser allerletzter Drink im Haus und ich befürchte, es wird eine Weile dauern, bis wir uns wieder einen leisten können. Willst du einen Schluck?«

»Nein. Ich will, dass du endlich wieder einen Job hast. Ich kann nicht ewig uns beide durchfüttern.«

Scott verdrehte die Augen. »Ich mache doch gerade die Fortbildung. Wenn ich mit der fertig ...«

»Das ist eine Abendschule, Scott. Du hast mehr als genug Zeit, um nebenbei einen Job zu haben. Und wir brauchen das Geld jetzt.« Sie drückte ihre Zigarette im Aschenbecher aus und verschränkte die Arme.

»Liebste ...« Er hob resigniert die Hände. »Als ich bei der Armee war, hast du dich immer darüber beschwert, dass ich nie da bin. Jetzt bin ich da und du beschwerst dich, dass ich nicht immer Arbeit finde. Die Dinge sind gerade nicht einfach ...«

»Du könntest wieder auf dem Bau anheuern.«

»Wieder für die Bonzen Strandvillen bauen und mein Kreuz ruinieren? Vergiss es. Ich habe schon genug Gelenke in Afghanistan verschlissen ... und da war es zumindest für eine gute Sache.« Er füllte das Glas von neuem. »Die Wirtschaft ist halt am Arsch. Was soll ich machen? Meine Mechaniker-Ausbildung ist gerade einen Dreck wert, weil alle angefangen haben Elektro zu fahren und die Werkstätten mehr entlassen als einstellen. Georg meinte, er könnte mir einen Job bei seinem Bruder verschaffen. Der verkauft Kaffee und so Veteranen-Kram im Internet. Vielleicht wird das was.«

»Vielleicht. Vielleicht aber auch nicht. Verstehst du überhaupt, wie tief wir in der Scheiße sitzen? Wir brauchen diese Woche noch dreihundert Mäuse. Sonst drehen sie uns den Strom und das Wasser ab.«

Scott seufzte. »Ich lass mir was einfallen.«

»Du könntest dein Gewehr endlich verkaufen. Das Ding macht eh nichts als Ärger. Irgendwann verhaften sie dich dafür.«

»Nein!«, Scott schlug mit der Faust auf den Tisch. Sein Gesicht lief rot an und sein nach Alkohol stinkender Speichel spritzte zwischen seinen Lippen hervor. »Niemand rührt das an.«

Sarah zuckte zusammen und führte den Glimmstängel an ihre Lippen. »Ich meinte ja nur ...«

»Nein. Es ist ein Erbstück, es gehörte meinem Vater.«

»Ich verstehe.«

»Nein, du verstehst gar nichts. Du ...«

Sarah blinzelte. »Hast du das auch gesehen?«

»Was?« Das Glas, das Scott gerade gehoben hatte, sank wieder hinab.

»Vor dem Fenster hat es geblitzt. Macht da jemand Fotos von uns?«

»Von uns? Wer sollte sich denn für uns so interessieren, dass er nachts hier rumschleicht?« Scott zwängte sich von der Sitzbank und trat ans Fenster.

Er spähte durch den Spalt zwischen den Vorhängen in die dunklen Gebüsche und zu den anderen Wohnwagen, in denen die Lichter bereits erloschen waren. »Da ist nichts. Du musst dir das eingebil...«

Erschrocken schnappte er nach Luft. Am Horizont, dort wo das Meer war, stieg eine rotglühende Pilzwolke auf.

»Komm her«, er winkte Sarah zu sich. »Schnell. Schnell. Bilde ich mir das ein?«

Sarah trat seufzend zu ihm. Scott fuchtelte mit den Händen. »Siehst du auch die Explosion? Siehst du sie?«

Sie runzelte die Stirn. »Was ist das? Das sieht aus wie eine Atombombe aus einem Film.«

Ein grelles Licht zuckte plötzlich über ihre Netzhäute.

Alles wurde schwarz.

Sie blinzelten geblendet. Sarah taumelte panisch umher, tastete herum, bis ihre Hände Scotts Schultern fanden und sich darin festkrallten.

»Ich sehe nichts mehr, ich ...«

»Bleibe ruhig, gleich, gleich ...«, murmelte Scott. Er starrte, sich am Fensterbrett festklammernd, in die Nacht, während die Schwärze der Blendung langsam in tanzende Flecken zerfiel.

Aus der Finsternis wuchs neben dem ersten glühenden Pilz ein zweiter und darüber ... Die Sterne, sie bewegten sich. Dutzenden von ihnen rasten in

Schwärmen über den schwarzen Nachthimmel in alle Richtungen, als würden dort oben Götter mit brennenden Pfeilen eine Schlacht austragen.

In dem Augenblick schnitt das Heulen von Sirenen unheimlich wie der Gesang von Dämonen durch die Nacht. Hunde bellten. Überall im Trailerpark erwachten empörte Stimmen, sprangen Lichter an und flogen Türen auf.

»Was ist los?«, schrie Sarah über den Lärm hinweg.

»Ein Angriff«, stammelte Scott. Es schüttelte seinen ganzen Körper. »Wir haben nur noch wenige Minuten.« Er fuhr herum. »Schnell. Wirf alles Essen und Trinken, das wir haben in die Rucksäcke«, dann hastete er zum Tisch, schnappte den Scotch und nahm einen tiefen Schluck, bevor er das Staufach über ihnen aufriss. »Und sehe auf keinen Fall nochmal aus dem Fenster, verstanden? Wir hatten Glück. Die waren noch weit weg, aber eine nähere Detonation kann dich sehr, sehr lange erblinden lassen.«

»Gehen wir irgendwo hin? Dann muss ich mich erst anziehen«, sagte Sarah, die versuche sich an ihm vorbei zum Schlafbereich durchzuzwängen.

»Keine Zeit! Nur gute Schuhe und Proviant.« Er zog das Gewehr aus dem Fach und stopfte zwei Päckchen Munition in seine Hosentaschen, dann gab er Sarah einen Schubs, die hastig zur Küchenzeile stolperte.

Sie warfen in ihre Rucksäcke - seinen großen Wanderruck in Camouflage und ihren pinken Sportbeutel - Dosen und ein paar Flaschen Wasser, dann zog sie Scott nach draußen.

»Wohin laufen wir?«, schrie Sarah, als sie aus dem Wohnwagen stolperten. Ein weiterer greller Blitz zuckte hinter ihnen durch die Dunkelheit, kurz die ganze Nacht in weiße Schemen verwandelnd.

Schwarze Flecken tanzten vor ihren Augen.

Überall standen schlaftrunkene Menschen herum. Manche kauerten auf den Treppenstufen, den Blick auf die immer näherkommenden Sternschnuppen gebannt, andere wälzten sich bereits blind auf dem Boden. Clara von Gegenüber hielt ihrem Sohn weinend die Augen zu. Scotts Blick wanderte über das Gelände, über die Schrottberge, die Müllcontainer, die erloschenen Lampen zwischen den Wohnwagen, als ihm eine Idee kam. Er wirbelte herum, rief: »Warte hier«, und eilte zurück in den Wohnwagen.

»Wohin?«, rief Sarah und drehte sich zu ihm um.

»Drehe dich nicht um«, schrie er, während er sich mit geschlossenen Augen in den Wohnwagen tastete. Sarah schloss die Augen und verschränkte die zitternden Hände zum Gebet, während die Schreie und das ferne Donnern um sie immer lauter wurden, und es Rot hinter ihren Lidern pulsierte.

Dann spürte sie, wie ihr jemand kräftig auf den Rücken klopfte. »Lauf«, sagte Scott, in einer Hand das Gewehr, in der anderen eine Brechstange. »Lauf so schnell du kannst mir hinterher«, dann rannte er los, die Straße hinab auf einen Rasenstreifen. Sarah folgte ihm mit wehendem Bademantel.

Weitere Lichtblitze erhellten die Nacht. Fernes Donnern grollte. Eine warme Windböe schlug ihnen wie eine gewaltige Faust in die Rücken, wehte durch ihre Haare. Scott taumelte, rannte, stolperte, fing sich. Durch den Tau schlitternd kam er vor einem Kanaldeckel neben der Straße zum Halt, warf sein Gewehr ins Gras, und stemmte ihn mit der Brechstange auf. Sarah blieb keuchend daneben stehen.

»Da runter.« Scott deutete auf das Loch im Rasen. Mittlerweile tanzten überall pulsierende schwarze Blüten vor seinem Gesichtsfeld. Die sich auftürmenden Feuerwolken am Horizont wurden immer mehr und größer - ein zu den Sternen reichendes Schauspiel aus konvulsierenden Orange, Rot, Grau und Schwarz - wie ein Ölgemälde der Hölle.

»In die Kanalisation?«

»Los!«

Sarah verzog das Gesicht und kniete sich an die Öffnung, bevor sie ihren ersten Fuß auf die eiserne Leiter setzte.

»Schneller! Schneller!«, Scott fuchtelte mit den Armen.
Flammen leckten bereits über die Dächer hinter ihnen.
Schweiß perlte von seinen Schläfen.

Plötzlich schrie Sarah und war verschwunden.

»Sarah? Sarah!«, rief Scott hinab, aber er konnte nur die obersten Sprossen erkennen, darunter nichts als säuerlich stinkende Schwärze. Er schulterte sein Gewehr, dann stieg er selbst hinab, nur kurz anhaltend, um den schweren Deckel wieder über die Öffnung zu ziehen, sodass alles in kompletter Dunkelheit verschwand.

»Liebste? Sarah?«, rief er, während er sich blind die Leiter hinabtastete. Auf dem kalten Metall der Sprossen klebte ein feuchter Schleim, der sich an seine Hände heftete. Unter sich hörte er neben dem Rauschen von Wasser ein Wimmern.

»Scott ...«, hörte er Sarahs gepresste Stimme unter ihm.

»Ich glaube ... mein Bein. Es ist gebrochen.«

»Aber du lebst!« Er lachte erleichtert. Da leuchteten die Löcher im Kanaldeckel über ihm grell auf.

Ein ohrenbetäubendes Donnern erschütterte alles. Der Schacht, den Scott hinabstieg, schien wild hin und her zu fliegen wie ein Strohhalm im Wind. Scott krallte sich in den Sprossen so fest, dass es in seinen Handgelenken knackte und er das Gefühl hatte, seine Hände würden abbrechen.

Die Erschütterung ebbte ab und ein unheimliches Heulen tönte von oben, begleitet von einem Knistern. Die Löcher im Kanaldeckel glühten orange wie Dämonenaugen.

Scott kletterte eilig hinab und setzte vorsichtig seinen Fuß auf den Boden. Mit der Schuhspitze spürte er neben sich etwas Weiches. Er beugte sich blind tastend hinab, bis er die Hände seiner Frau fand. Sie klammerte sich an seinen Fingern fest.

»Scott ...«, wimmerte sie.

»Ich bin bei dir ... Ich bin bei dir ...«

»Es tut so weh ... mein Bein ...« Der Boden bebte. Scott rutschte aus, fiel auf seine Frau und seine Hände rutschten über glitschige Fliesen. Neben ihnen schwappte und platschte es. Ein Sprühregen aus Schlamm regnete in seine Haare und auf seine Wangen. Keuchend rollte er sich von Sarah und schnappte nach Luft – was er sofort bereute. Der säuerliche Gestank nach verwestem Kot ließ die Übelkeit in ihm hochschießen.

»Scheiße.« Er wischte seine Hände an seiner Hose ab.

»Hast du ein Feuerzeug?«

»In der Bademanteltasche ... Scott, was ist los?« Ihre Stimme ging beinahe unter im Duett von Wasserrauschen und dem dämonischen Heulen über ihnen.

»Entweder ich habe viel zu viel getrunken und das hier ist das Purgatorium …«, er fand ihre Tasche und griff hinein, bis sich seine Hände um das kleine Feuerzeug schlossen. »Oder das ist der Dritte Weltkrieg. So oder so, über unsere Stromrechnung müssen wir uns keine Gedanken mehr machen.«

Die kleine Flamme des Feuerzeugs sprang an. In ihrem flackernden Schein zeichneten sich die Umrisse des Kanalisationstunnels ab. In der Rinne neben ihnen tosten braune Wassermassen. Dunkle Brocken, Papierfetzen und Plastikmüll trieben darauf. Sarahs linker Fuß stand sonderbar verdreht und abgeknickt vom Schienbein ab. Scott glaubte Blut ihre Waden hinablaufen zu sehen, aber es konnte genauso gut Abwasser, menschliche Scheiße, sein - seine eigenen Hosenbeine trieften bereits davon.

»Das sieht nicht gut aus«, sagte er. Die Hitze des Feuerzeuges biss ihn in den Finger, sodass er es fluchend losließ und die Flamme erlosch. Durch den Kanaldeckel über ihnen fiel jedoch noch immer Licht: oranges, flackerndes Licht von Feuersbrünsten, die die Oberfläche verschlangen, und durch die er nun zumindest die Schemen im Tunnel um sie herum noch erkennen konnte.

»Es fühlt sich schrecklich an… Was machen wir jetzt?«

Er stand stöhnend auf und unwillkürlich musste er laut lachen.

»Scott? Was ...?«

»Sorry. Ich muss nur daran denken, dass ... Ich dachte, dass wir wegen den Rechnungen tief in der Scheiße sitzen würden. Aber jetzt sitzen wir wirklich tief in der Scheiße. Wortwörtlich.« Ein glucksender Laut entwich seinem zum Grinsen verzerrten Gesicht.

»Das ist nicht lustig.«

»Ich weiß, ich weiß ... Das ist nur der Schock. Nur der Schock.« Das Grinsen verschwand und er zog in einer schnellen Bewegung seinen Rucksack von den Schultern, aus dem er die Scotchflasche fischte. Er schüttelte sie. Noch mindestens ein Drittel voll. Er nahm einen kleinen Schluck, dann kniete er sich zu seiner Frau hinab. »Trink die Flasche aus.«

»Ganz? Bist du verrückt, ich kann doch nicht ...«

»Wir müssen weiter, so weit wie möglich weg von dem Kanaldeckel, sonst ersticken wir. Die Brände ziehen den Sauerstoff aus den Tunneln und füllen sie mit Kohlenstoffmonoxid. Wir müssen weiter, soweit bergauf und weg vom Zentrum wie möglich. Und ohne ein Schmerzmittel wirst du nicht weit kommen.« Ihre Hände tasteten nach seinen, umschlossen die Scotchflasche.

Sie nippte daran, schließlich trank sie mit großen Schlücken, bis nur noch ein paar Tropfen zurückblieben. Scott leerte den Rest.

»Ich habe eine Taschenlampe in meinem Rucksack.«

»Du bist ein Schatz«, sagte Scott und küsste sie auf die Stirn. Sie schmeckte nach dem Salz von Schweiß und bitter vom Dreck, über dessen genaue Zusammensetzung er jeden Gedanken unterdrückte.

Er schulterte Rucksack und Gewehr.

Die Taschenlampe war eine kleine Stabtaschenlampe, aber sie reichte aus. Nach kurzem Zögern klemmte er sie sich zwischen die Zähne, bevor er Sarahs Rucksack mit der linken Hand nahm und mit der rechten Sarah aufstützte.

Sie lallte und er musste sie halb tragen, da sie jedes Mal vor Schmerzen aufjaulte, wenn sie mit dem linken Fuß auftrat. Scotts Muskeln in den Armen, Beinen und Schultern ächzten vor Schmerz und sein Kiefer knirschte, während er den Kanalisationstunnel bergauf marschierte; Sarah auf einem Bein hüpfend an ihm hängend. Mit jedem Schritt, mit jedem Donnern ferner Explosionen, mit jeder Erschütterung des Tunnels, brannte das Adrenalin heißer in seinen Adern. Seine Sicht verschwamm vor Schmerz und sein Schädel brummte, während er durch Fäkalien stampfte und mit dem Licht der Lampe Ratten verscheuchte.

Und doch: Er fühlte sich so lebendig wie seit vielen Jahren nicht mehr. Wie ein alter Jagdhund, der endlich wieder durch das Unterholz sprang, dabei war er gerade mal Ende zwanzig, nur eine Handvoll Jahre älter als Henry.

3

Den Stromgenerator anzuschalten war für Henry und seine Begleitung der einfachste Teil ihres ersten gemeinsamen Morgens unter der Erde.

Der Generatorraum befand sich am anderen Ende des Bunkers, einige Dutzend Meter vom Eingang entfernt. Den meisten Platz darin nahm ein Dieseltank in Anspruch - so groß wie ein Lastwagen, neben dem der eigentliche Generator mit seinen Traktorausmaßen lächerlich klein wirkte.

Henry brauchte lediglich einen bereits steckenden Schlüssel umzudrehen. Mit einem lauten Knattern sprang der Motor an und mit ihm das Licht.

»Warum hat ein Typ wie du so einen krassen Bunker unterm Haus?«, brüllte die Fremde über das *TakTakTak* des Motors hinweg, noch bevor die dicke Stahltür hinter ihnen zugefallen war und den Krach der fossilen Verbrennung zu einer fernen Vibration erstickte.

»Mein Vater hat ihn bauen lassen.«

Die Fremde sah den nun hell erleuchteten Korridor hinab. Von den grauen Betondecken hingen gelblich leuchtende Tageslichtlampen, die neben unzähligen Türen auch große Monet-Replika mit Wasserlilien und grün blühenden Gärten an den Wänden aus dem Mantel der Finsternis gezogen hatten.

Sie stieß einen Pfiff aus.

»Dein Alter muss steinreich sein.«

»Naja, reich nicht, vielleicht ein bisschen wohlhabend.«

»Verarsch mich nicht. Allein für den Diesel in dem Tank hinter uns, kannst du dir ein Flugzeug kaufen.«

»Reichtum ist eine sehr relative Kategorie, weißt du ... Das ist nicht so ...«

»Ja, relativ zu den Kindern in Afrika sind wir alle reich, relativ zu Bezos ist selbst ein Multimillionär arm. Relativ zu einem normalen Menschen in diesem Land, ist dein Vater wohl ein stinkreiches Arschloch.«

»Hey, so kannst du doch nicht einfach urteilen ...«

»Was war sein Job?«

»Er hat einen Hedgefond geleitet«, murmelte Henry.

»Siehst du. Eins dieser obszön reichen Wallstreetarschlöcher. Habe ich mir schon gedacht, als ich dein Haus sah.«

»Nicht wirklich. Er hat nie sein Geld für überflüssigen Luxus verschleudert«, Henry fuhr mit der Hand durch seine in alle Richtung abstehenden Haare, wobei seine eigene Breitlingarmbanduhr funkelte. »Er war aber etwas paranoid und der festen Überzeugung, dass das Jüngste Gericht bevorsteht. Also hat er angefangen sein ganzes Geld in diesen Bunker zu investieren oder an Kirchen zu spenden.«

»Verrückt«, sagte die Fremde, während sie den Gang hinunter schlenderte - provokant die Hüften schwingend - und die Türen und die Schilder darauf musterte. *Wasserreservoir. Notausgang. Werkzeuge. Heizraum. Brennstoffzellen. Luftfiltration.* »Ich meine, wenn es wirklich Gott gäbe, und wenn Gott wirklich das Jüngste Gericht einläuten könnte und würde, dann, nun Gott wäre dann doch allmächtig ... Wollte er sich etwa vor Gott in einem Bunker verstecken?«

»Ich wünschte, ich könnte das beantworten, aber ich habe es selbst nicht wirklich verstanden.«

»War wohl batshit crazy.« Sie zuckte mit der Schulter.

»Das dachten wir auch. Er hatte seine Karriere im Risikomanagement angefangen und damit schon immer eine Neigung zur Vorsicht. Als der Fond wuchs und mit ihm der Stress, wucherte seine Paranoia immer mehr. Ironischerweise nicht beim Anlegen, sondern im Privatleben. Er begann alle zwei Monate zur Krebsvorsorge zu gehen, dann zu beten und uns zu missionieren. Meine Mutter dachte, er hätte den Verstand verloren, reichte die Scheidung ein und brannte mit irgendeinem Franzosen durch. Ich dachte, um ehrlich zu sein, das gleiche und floh für das Studium ans andere Ende des Landes.« Henry seufzte.

»Er starb vor zwei Wochen an einem Schlaganfall allein zuhause. Niemand war da, um den Notarzt zu rufen.

Die Schuldgefühle zerfressen mich seitdem. Wie es aussieht, hatte er am Ende auch noch recht mit seinen Weltuntergangsprophezeiungen.«

»Krasse Geschichte«, sagte die junge Frau, die abrupt vor einer Tür stehengeblieben war. *Lebensmittellager.* Sie stieß die Tür auf und rannte hinein.

»Hey!«, rief Henry und sprintete ihr hinterher.

Das Lager war größer als ein Supermarkt: Dutzende aneinander gereihte Regale voller Dosen, Einmachgläser, Flaschen und Säcken. Die Fremde lief darin mit wehenden Haaren umher und warf vereinzelt Dosen von den Brettern, sodass diese scheppernd zu Boden fielen.

»Was zur Hölle tust du da?«

»Hier muss es Zigaretten geben«, rief sie zurück, bereits eine Reihe weiter zwischen Tomatensoßen, Erdnussbuttern, Reis und Spülmittel umhertanzend.

»Es gibt hier keine Zigaretten!«

»Woher weißt du das?«

»Weil Zigaretten woanders gelagert werden!«

»Wo?«, sie machte auf dem Absatz kehrt.

»Ist dir nicht kalt? Willst du dir nicht zuerst etwas anziehen?«, sagte er, unweigerlich zusehend wie ihre Brüste unter dem dünnen, schwarzen Spitzendessou beim Laufen auf und ab schwangen.

»Sag nicht, du würdest diesen Anblick nicht genießen«, sie schlug demonstrativ ein Bein hoch und machte eine laszive Pose, mit ihren dünnen Fingern ihren glatten Oberschenkel entlangfahrend.

»Also mir ist kalt und ich habe sogar ein Pyjama an«, sagte Henry ungerührt. »Lass uns etwas Vernünftiges anziehen. Danach hole ich dir deine Zigaretten.«

»Einen Dreck werden wir. Du«, sie rammte ihm einen Finger in die Brust. »zeigst mir jetzt, wo die Zigaretten sind. Danach machen wir alles andere.«

»Ich glaube nicht, dass du hier rauchen solltest.«

»Die Angst vor Lungenkrebs ist jetzt wirklich ganz unten auf der Liste meiner Sorgen.«

»Ich meinte eher in Hinblick darauf, dass wir in einem Bunker sind und ich noch keine Ahnung habe, wie das mit dem Sauerstoff funktioniert. Könnte sein, dass er uns ausgeht.«

»In dem Fall ersticke ich lieber mit dem Genuss von etwas Tabak auf den Lippen, als mit schlechter Laune.«

»Ich vielleicht aber nicht. Und wir haben hier einen ... keine Ahnung so mehre tausend Liter Dieseltank? Offenes Feuer ...«

»Ah, jetzt scheiß dich doch nicht ein. Es ist Diesel, kein Benzin. Und sei nicht so ein Spielverderber.«

Er schüttelte den Kopf und rollte mit den Augen. »Wenn es sein muss. Warte hier. Ich bring sie gleich.«

»Nein, ich will wissen, wo sie sind.«

Er hatte bereits kehrgemacht und war aus dem Raum gegangen, sodass sie durch die zufallende Tür schlüpfen musste. »Wohin gehst du?«

»Zigaretten holen. Keine Sorge, das ist leider keine Ausrede, um abzuhauen.« Er deutete den Flur hinab. »Bieg dort vorne rechts ab. Der Flur gegenüber der Küche führt zum Wohnzimmer und dahinter gibt es drei Schlafzimmer. In einem davon gibt es Frauenklamotten. Such dir schon einmal etwas aus, ich komme gleich mit einer Schachtel nach.«

»Ich will mich aber jetzt noch nicht anziehen«, sie packte ihn an der Schulter und starrte ihn mit ihren weit aufgerissenen und blutunterlaufenen Augen an. Das Blau ihrer Iris war zu einem hauchdünnen Ring um ihre geweiteten Pupillen geschrumpft. »Ich will wissen, wo die Zigaretten gelagert sind.« Der säuerlich-bittere Mundgeruch von Alkohol und Schlaf schlug ihm mit jeder Silbe ins Gesicht.

Henry rümpfte die Nase.

»Das ist mein Bunker«, sagte er und verschränkte die Arme. »Du bist hier ein Gast! Du verdankst mir dein Leben. Du könntest zumindest etwas mehr Respekt vor mir zeigen, wenn du schon keine Dankbarkeit aufbringen willst.«

»Was willst du sonst machen? Die Polizei rufen? Mich rauswerfen?«, sie intensivierte ihren Blick. »Mach doch, wenn du dich traust. Aber Scheiße, wenn das hier gerade wirklich die Apokalypse ist, dann bin ich mir sicher, dass du sie nicht allein aussitzen willst.«

Henry ballte seine Hände zu Fäusten, schloss die Augen und zählte bis drei, dann atmete er tief aus.

»Meine Güte, das ist schlimmer als in Sartres *Geschlossener Gesellschaft*.«

»Bitte was?«

»Sartre war ein französischer Existenzialist und die *Geschlossene Gesellschaft* ist ein Theaterstück, in der drei Personen in der Hölle landen. Wobei die Hölle nur ein Raum ist und sie foltern sich quasi psychologisch gegenseitig, durch ihre Bedürfnisse. Es geht im Grunde um das Gefangensein des Subjekts in der sozialen ...«

»Schon kapiert, mit mir eingesperrt zu sein ist die Hölle. Sag das doch einfach und tu nicht so prätentiös.«

»Du hast gefragt. Und gestern warst du noch ziemlich beeindruckt von meinen prätentiösen Erklärungen.«

»Da war ich ziemlich betrunken und horny. Du hast halt viel gelabert und spendiert, und ich habe mir dich schöngetrunken und nur genickt. War angenehm, aber jetzt nervt es, dass du schwafelst, statt mir Kippen zu geben.«

»Okay. Okay. Ich zeig dir ja schon, wo sie sind.«

Er schob ihren Arm weg und stampfte den Flur zurück zu dem Raum, der mit *Werkzeuge* beschriftet war. Als sie eintraten und er das Licht anschaltete, schnappte die Fremde laut nach Luft.

»Was für eine Psychoscheiße ist das hier?«

Der Werkzeugraum war halb so groß wie das Lebensmittellager. In den Regalen lagen aber nicht nur Batterien, Rohre, Schrauben, Funkgeräte, Solarzellen und Schläuche. Hinter Gittern hingen an den Wänden Äxte, Armbrüste, Sturmgewehre, Jagdgewehre, Schrotflinten, Maschinenpistolen und mindestens sechs Revolver.

»Mein Vater dachte, dass in einer postapokalyptischen Welt das Fehlen von Staat, Polizei und Militär - sagen wir mal, persönliche Schutzausrüstung notwendig machen könnte.«

»Ihr Reichen habt doch einen Knall. Und warum sollten hier Zigaretten lagern?«

»Weil man sie als Währung verwenden könnte.« Henry passierte die Regale und ging zum Ende des Raumes, wo mehrere Tresore von der Größe und Form von grauen Kühlschränken standen. Sie waren ebenfalls beschriftet. *Munition. Munition. Munition. Munition ... Munition ... Sprengstoffe. Sprengstoffe ....* *Währung.* Henry trat an einen der Tresore, der mit *Währung* beschrieben war.

Er überlegte eine Weile, was die Codes waren. Sein Vater hatte die Nummerierung seiner Lieblingszitate aus der *Offenbarung des Johannes* benutzt. Für die Tresore mit den Wertgegenständen war die Nummerierung der Zeilen *Sie werden keinen Hunger und keinen Durst mehr leiden und weder Sonnenglut noch irgendeine sengende Hitze wird auf ihnen lasten.* Offenbarung 7, 16 und *selig, wer sein Gewand wäscht: Er hat Anteil am Baum des Lebens, und er wird durch die Tore in die Stadt eintreten können.* 22, 14.

»Etwas Diskretion bitte«, sagte er und schob sich direkt vor die Tresortür, sodass die Fremde nicht sehen konnte, welche Zahlen er eingab. Henry drehte am Rad. *7, 16, 22, 24. Klick.* Die Tür schwang auf.

In den Fächern lagen glänzende Goldbarren, Edelsteine, edle Sturmfeuerzeuge und mehrere Stangen Dunhill Zigaretten. Die Fremde schob sich an ihm vorbei und schnappte eine ganze Stange Zigarettenschachteln und ein Sturmfeuerzeug.

»Hey!«, schrie Henry. »Du kannst nicht einfach ...«

»Keine Sorge, ich klaue schon nicht dein Gold, du begriffsstutziger Kobold«, sagte sie. Ehe er protestieren konnte, war sie bereits aus dem Werkzeugraum getürmt und hatte die Tür hinter sich zugeknallt.

4

Eine Ewigkeit schleppte Scott seine Frau und ihre Sachen durch die Tunnel, die sich mal verzweigten, mal so eng zusammenliefen, dass sie sich gerade noch so durchquetschen konnten, mal so niedrig waren, dass sie beinahe kriechen mussten. Seine Schuhe und Socken waren vollgesogenen mit Abwasser und schmatzten bei jedem Schritt. Erdbeben erschütterten immer wieder die Wände. Der Fäkalienstrom neben ihnen schwappte und spritzte dann in alle Richtungen. Die Taschenlampe zwischen seinen Zähnen flackerte. Sein Kiefer pochte vor schmerzhaften Krämpfen. Zwei Mal wehten Druckwellen durch ihre Haare. Ratten quiekten in den Schatten. Aus den Schächten zur Oberfläche drangen das Donnern, Heulen und Schimmern der über das Land ziehenden Vernichtung. Einmal glaubte er in der Ferne die Stimmen streitender Männer zu hören, aber sie verhallten, nachdem er an einer Abzweigung in einen neuen Tunnel abbog.

Hier war das Abwasser nur noch ein Rinnsal und der Rand breit genug, damit zwei Personen nebeneinander, mit den Rücken an die Wand gelehnt, liegen konnten. Abgesehen vom immer schwächeren und häufiger flackernden Licht seiner Taschenlampe war es stockfinster.

Sogar das Grollen des nuklearen Sturms hallte nur leise in der Ferne. Es waren also keine Schächte zur Oberfläche in der Nähe, durch die Gase oder Strahlung eindringen konnten.

»Hier können wir bleiben«, nuschelte er durch die Taschenlampe hindurch und half Sarah beim hinsetzen, bevor er die Rucksäcke neben ihr an die Wand stellte. Er streckte sich - es knackte in seinen Schulterblättern und Wirbeln – und setze sich mit dem Gewehr auf dem Schoß ebenfalls hin.

Er suchte aus einem der Rucksäcke eine Wasserflasche und öffnete sie, bevor er sie Sarah reichte. »Trink.«

Sie nahm einen großen Schluck und gab sie ihm zurück. Er leerte den Rest in einem Zug, dann schaltete er die Taschenlampe aus. Die Schwärze verschlang sie.

»Scott?«, erklang Sarahs Stimme neben ihm.

»Ja?«, fragte er zurück in die Dunkelheit.

»Hast du eigentlich unsere Handys mitgenommen?«

»Nein. Sie wären sowieso nutzlos. Alle Telefonmasten in dieser Gegend sind jetzt frittiert. Die Satelliten im Orbit vermutlich auch.«

»Schade. Ich hätte gern nachgesehen was los ist.«

»Um ehrlich zu sein, bin ich ganz froh, weder zu lesen, noch zu hören, noch zu sehen, was irgendwelche selbsternannten Journalisten oder Influencer … oder wer auch immer … für Grütze aus seinem Hirn dazu ziehen würde. Ich kann selbst ganz gut sehen und riechen in welchem Zustand unsere Welt ist. Da brauche ich keine Erklärung oder Teenager, die es mir vortanzen.«

»Zeit für digitalen Detox also ...« Sarah stöhnte.

»Glaubst du ... meine Eltern haben überlebt?«

»Ich ... ich weiß es nicht. Liebste«, sagte Scott und taste nach Sarah. Ihre Finger umschlossen die seinen.

»Versuch zu schlafen, okay? Wir werden hier eine Weile warten, bis wir an die Oberfläche können.«

»Für wie lange?«

»Wenn das Atombomben waren, müssen wir mindestens 72 Stunden hier bleiben. Die Strahlung sinkt nämlich exponentiell schnell. Nach drei Tagen ist sie bereits - für längere Zeit überlebbar. Außer das sind gesalzene Bomben.«

»Gesalzen?«

»In Gesalzenen ist Kobold... Kobalt und so Dreck drin. Wenn die die eingesetzt haben, dann werden es eher 72 Jahre, wenn nicht Jahrhunderte bevor die Strahlung an der Oberfläche wieder Leben erlaubt.«

»Wer würde soetwas bauen?«

»Russische Kommunistenwichser.«

»Das ist krank. Das überleben wir nicht.«

Er drückte ihre Hand.

»Zusammen überleben wir alles. Wir haben genug Essen und Trinken, um die drei Tage auszuhalten. Danach ... wir finden einen Weg nach oben. Die Regierung oder wer auch immer noch überlebt hat, wird Hilfe organisieren, wir finden einen Bunker, etwas zu essen, einen Arzt für dich ... Alles wird gut. Irgendwie.«

»Mein Bein ...«, sie schluchzte. »Hast du noch Scotch? Irgendetwas, was betäubt?«

»War leider unser letzter Drink.«

»Eine Zigarette? Ich könnte eine gebrauchen.«

»Ich wünschte«, er schloss die Augen. »Aber das Einzige, was wir haben, ist dünnflüssige Scheiße.« Er seufzte. Sein Kopf lehnte gegen die kalte, feuchte Steinwand. Eine schleimige Flüssigkeit tropfte von der Decke hinab auf seine Haare. »Versuch zu schlafen. Warten und Schlafen ist das Einzige, was wir jetzt tun können.«

»Ich glaube, ich habe eine Ratte gehört.«

Neben dem Rauschen des Wassers platschte und quiekte es in der Schwärze überall. Scott glaubte sogar zu spüren, wie etwas Weiches mit kleinen, krabbelnden Beinchen über seine durchnässte Hose glitt. Vielleicht war es auch nur ein Luftzug, wahrscheinlich aber nicht. Er wollte nicht so genau darüber nachdenken.

»Solange dich keine beißt, ist alles in Ordnung. Ratten sind gerade unser kleinstes Problem.« Er gähnte. Sein Schädel brummte und er hatte das Gefühl, an der stinkenden und stickigen Kanalisationsluft langsam zu ersticken. »Ich bin müde. Lass uns schlafen.«

Sarah schwieg, aber ihre Hand klammerte sich noch fester an seine. Nach einer Weile flüsterte sie:

»Ich liebe dich, Scott.«

»Ich liebe dich auch, Liebste«, murmelte er, bereits halb in dunklen Träumen versunken.

5

Henry fand sie im Wohnzimmer. Sie saß auf der Couch, die zwischen den Massivholzbücherregalen und dem Fernseher stand, hatte die nackten Beine auf den Beistelltisch geschlagen und rauchte in langen Zügen ihre Zigarette. Er setzt sich neben sie und sah missbilligend zu, wie sie den Glimmstängel einfach auf dem schwarzen Tisch mit goldenen Art Deco Mustern ausdrückte und die nächste Kippe ansteckte.

»Musst du diesen schönen Tisch so zerstören?«

»Auf eBay kann man diesen Kitsch leider nicht mehr verticken, da bleibt Zerstörung die einzige Form des ästhetischen Protests.« Sie streckte ihm die offene Schachtel entgegen. »Willst du auch eine? Ist sogar eine gute Marke. Hätte ich mir selbst nie gekauft.«

»Ah, was solls«, sagte er und nahm sich eine.

Normalerweise rauchte er nur betrunken auf Partys, aber solche Prinzipien erschienen ihm nun überflüssig. Ob es jemals wieder Partys geben würde?, fragte er sich, bevor ihm der Gedanke kam, dass es nicht unwahrscheinlich war, dass gerade jetzt irgendwo eine Party stattfand. Es kam ihm sehr surreal vor, aber er kam nicht drumherum sich vorzustellen, wie in einem Regierungsbunker im Ural oder den Rocky Mountains gerade die Champagnerkorken flogen – je nachdem, wer glaubte gewonnen zu haben. Vielleicht aber - dachte er weiter, während er die Zigarette anzündete - feierten Menschen irgendwo in Afrika oder in der Schweiz, die vom nuklearen Feuer verschont worden waren, ihr Überleben. Es gab Menschen, die feierten Partys, egal was gerade geschah – ob Pandemie, Apokalypse oder eine Beerdigung. Es lag in ihrer Natur und solange es solche Menschen gab, würden sie feiern, und selbst wenn es nur eine Abschiedsfeier auf die Menschheit inmitten von Ruinen war.

Die Frage war also eher nicht, ob es keine Partys mehr gab, sondern ob es für ihn persönlich noch irgendwann eine richtige Party geben würde. Er zog den blauen Dunst in seine Lungen, hustete und beobachtete die Fremde neben sich durch die Rauchschlieren, während das Nikotin sein Gehirn kitzelte und in einen Zustand wacher Klarheit schob. Er stellte fest, dass es für ihn zumindest in absehbarer Zeit keine Partys mehr geben würde. Und dass die Fremde nicht im Ansatz so gut aussah, wie ihm der Whiskey bei der Feier in der vorangegangenen Nacht weisgemacht hatte. Sie hatte zwar schöne große, runde Brüste, die sich bei jedem Atemzug hoben und senkten, und eine sehr schlanke Statur - etwas zu mager für seinen nüchternen Geschmack. Die Nase war zwar klein, aber nur auf den ersten Blick eine süße Stupsnase.

Bei genauerer Betrachtung war ihre Nase eher eine kleine Kartoffel. Die Augenbrauen waren wie das Haar buschig und kastanienbraun. Ihre Haut hatte den Teint von ranzigem Käse: blass, aufgedunsen und von einem gräulichen Schimmer, der den Konsum von Unmengen an Genussmitteln verriet. Auf ihrem linken Unterarm war ein Teddybär tätowiert.

Während sie rauchte, starrte sie den ausgeschalteten Fernseher an und tastete an ihrem Oberschenkel herum, bevor sie die Hand ausstreckte: »Gib mir mal dein Handy.«

»Warum sollte ich das?«

»Ich will die Nachrichten checken.«

»Das Internet existiert ziemlich sicher nicht mehr.«

»Oh«, sagte sie tonlos. »Das ist vielleicht sogar gar nicht so schlecht.«

»Aber eigentlich eine gute Idee ...«, er entsperrte sein iPhone und zog die Push-Up-Meldungen auf den Screen. »Die Verbindung ist tot, aber ein paar Sachen sind noch reingekommen.«

Er überflog die Meldungen:

WhatsApp: Mutter: Wir fliegen jetzt nach Paris. Melde mich nach der Ladung.

Mail: Oxford: Zulassung zum DPhil in History

»Juhu!«, schrie er und ballte die Faust.

Die Fremde hob eine ihrer buschigen Augenbrauen und sah ihn fragend an.

»Meine Bewerbung für das Promotionsstudium in Oxford wurde akzeptiert!«, verkündete er freudig lächelnd, dann erstarrte er und sackte wieder resigniert auf der Couch zusammen.

»Glückwunsch«, murmelte sie.

»Ich merke schon selbst, wie dumm das ist.«

»Wie meinst du das?«, sie sah ihn an. »Da kannst du doch stolz darauf sein. Die meisten Menschen können sich Oxford nicht einmal leisten.«

»Weil Oxford nicht mehr existiert. Wie wahrscheinlich gar nichts mehr auf der Nordhalbkugel existiert.«

»Oh.«

Er starrte auf sein Smartphone und las die weiteren Meldungen:

News: Blackout! Internet in Osteuropa kollabiert.

News: Gerüchte über Taiwan-Blockade

News: Rally! DJ Aerospace & Defense Index 23% im Plus

News: S&P 500 korrigiert um 7% ins Minus

News: Eskalation! Russische Bomber über Japan

ZuBer: Nur heute 10% Rabatt auf die neue Sneaker Kollektion von Kim Kardashian

Emergency Alert: Ballistische Raketen im Anflug. Suchen Sie sofortigen Schutz auf. Dies ist keine Übung.

Emergency Alert: Nuklearer Angriff! Suchen Sie sofortigen Schutz auf. Dies ist keine Übung.

Er tippte auf eine der Nachrichtenmeldungen, aber die NewsApp blieb weiß. Was war passiert? Wer hatte wen angegriffen? In den vergangenen Tagen hatte es viele Spannungen zwischen den Atommächten gegebenen, aber so war das schon immer. Hier und da Provokationen, Drohungen, Beschuldigungen über Spionage und Sabotage, natürlich auch Cyberattacken und Stellvertreterkriege, aber Henry konnte sich an kein Ereignis erinnern, das die Zerstörung der Welt durch einen Atomkrieg gerechtfertigt hätte. Und er konnte sich auch kein solches Ereignis überhaupt vorstellen. Absolut nichts könnte jemals die Auslöschung der Menschheit rechtfertigen.

»Es ist wirklich passiert, oder?«, fragte die Fremde.

»Ein Atomkrieg«, sagte Henry und spürte, wie sich alles in ihm kalt zusammenzog, wie Eissplitter seine Haut und seine Organe bis in sein Herz durchbohrten. »Ich weiß nicht, was genau, warum ... Aber ich befürchte ...« Der Anblick der Sternschnuppen und hunderten von roten Pilzen überm Meer stieg vor ihm wieder auf und Tränen flossen aus seinen Augenwinkeln. »Wir müssen vom Schlimmsten ausgehen.«

»Was ist das Schlimmste?«

»Milliarden an Toten ... Die meisten Städte in Amerika, Europa, Russland, China ... vielleicht überall ... sind nur noch Krater und ihr Umland Massengräber.«

»Die Stadt ist weg?«

»Das ganze Land ist vermutlich weg. Die Welt existiert nicht mehr, wie wir sie kannten. In den kommenden Wochen wird der Fallout den Himmel verdunkeln und Land und Meere vergiften ...«

»Bist du dir sicher? Vielleicht war es nur ein Erdbeben, die sind hier zwar nicht so häufig ...«

»Hast du nicht die Explosionen gesehen?«, fragte er. Kurz reckte sich Hoffnung. Vielleicht war es doch nur ein Albtraum gewesen, vielleicht gab es nur ein Erdbeben, vielleicht war der Emergency Alert nur ein Fehler und ...

»Diese roten Wolken vor den Fenstern? Die habe ich auch gesehen«, sagte die Fremde und sie beide verstummten. Die Hoffnung starb. Henry versenkte sein Gesicht in den Händen und schluchzte.

Doch dann hörte er sie weinen und das versetzte ihn einen weiteren Stich ins Herz, den er nicht noch zusätzlich ertragen konnte.

»Hey ...«, er streckte seine Hand aus und berührte sie an der Schulter, die schon nass war von Tränen, während die Fremde mit rasselndem Atem bereits die vierte Zigarette inhalierte.

»Fuck. Fuck. Das ist fucking scary«, schluchzte die Fremde. »Unsere Familien ... Meine Eltern ... Die haben nicht überlebt, oder?«

»Nun ...«

»Sag mir die Wahrheit, du Klugscheißer.«

»Ich weiß es nicht. Ich weiß es wirklich nicht«, sagte er und schüttelte den Kopf, tief durch durchatmend. »Ich weiß nur: Wir haben überlebt und wenn wir zusammenarbeiten, werden wir hier ein sehr gutes Leben führen können.«

»Und ... und ... was dann?«, stammelte sie und schniefte, wobei Rauch aus ihren Nasenlöchern schoss.

»Das weiß ich noch nicht.«

»Fucking Sokrates. Weißt du überhaupt etwas?«

»Noch nicht. Es gibt sicherlich noch andere Überlebende irgendwo und sobald der Fallout weniger ist, können wir sie suchen oder was weiß ich ... Jetzt erstmal, ist das Wichtigste, dass wir in Sicherheit sind.« Er rutschte zu ihr auf der Couch rüber und versuchte sie zu umarmen, aber sie stieß ihn von sich.

»Bitte ... fass mich nicht an.«

Er zuckte zusammen, als hätte sie ihm einen Eisbrocken in die Magengrube gerammt. »Okay.« Er drückte seine Zigarette ebenfalls auf dem Tisch aus und faltete die Hände zusammen. »Hey, wir sind auf unabsehbare Zeit hier gemeinsam in diesem Bunker.

Wir werden zusammenarbeiten müssen, wenn wir überleben wollen.« Er atmete tief durch. »Wollen wir nochmal von vorn anfangen? Wir kennen uns nüchtern noch gar nicht. Lass uns einfach neu kennenlernen und versuchen möglichst gut miteinander klarzukommen.«

»Von mir aus.«

Er streckt ihr seine flache Hand entgegen. »Es freut mich dich kennenzulernen. Ich bin Henry Sullivan.«

»Du hast meinen Namen vergessen, stimmts?«, sie rollte mit den Augen und schlug ein. »Celine Cole, für Freunde CiCi, für dich einfach Celine. Es ist mir eine Freude, nicht tot zu sein.«

»Mir ebenfalls.« Ihre feuchten Hände glitten auseinander. »Okay Celine.« Er sah auf seine Armbanduhr. Es war gerade mal sechs Uhr in der Früh. »Was hältst du davon, dass wir uns endlich anziehen und danach zusammen Frühstück machen?«

6

Am Ende verbrachten Sarah und Scott nicht drei Tage, sondern eher fünf oder sechs in der Kanalisation, zumindest war das Scotts Schätzung. Der Abwasserstrom war zu einer zähen Masse aus weißen und braunen Klumpen verkommen, über die Würmer wuselten. In der Luft hing ein säuerlicher Verwesungsgestank, noch beißender als der Kotgeruch, den er verdrängt hatte - aber ihre Nasen waren so abgestumpft, dass sie sich nur noch kurz nach dem Aufwachen angewidert schüttelten. Scott wäre am liebsten noch länger in der unterirdischen Dunkelheit geblieben. Das letzte Erdbeben, dass er als eine weitere nukleare Detonation deutete, lag gerade mal drei Tage zurück. Zumindest glaubt er das. Um die Zeit zu messen, hatten sie nur Sarahs analoge Armbanduhr und in der Dunkelheit waren Tag und Nacht gleich. Manchmal vergaß er, ob die Zeiger nun drei Uhr morgens oder drei Uhr nachmittags zeigen sollten. Die Zeit wurde zunehmend so zäh und starr wie das zu Kotmasse austrocknende Abwasser. Sie spürten sie nur noch in wenigen wachen Augenblicken zwischen der Benommenheit der Erschöpfung und des Schlafes vorbeiziehen.

Aber sie hatten kein Essen mehr. Jede Dose Mais, jedes trockene Stück Brot, jedes Einmachglas und selbst zwei Gläser Erdnussbutter, hatten sie bereits gegessen und ihr Wasser verbraucht. Ihre Mägen waren zusammengezogen, als würde sie versuchen sich selbst zu verdauen. Immer wieder ertappte Scott sich dabei, wie er mit dem trockenen, säuerlichen Geschmack der Durst auf der ausgedörrten Zunge auf das Abwasser starrte und davon fantasierte es zu trinken. Im Schlaf wimmerte und krümmte sich Sarah vor Schmerzen. Auch wenn sie sich sonst nichts anmerken ließ - das Fleisch um ihren Knochenbruch war glühend heiß.

»Wir brauchen einen Arzt für dich«, sagte Scott. Beim Aufstehen schwankte er und stützte sich an der Wand ab. »Oder zumindest eine Schiene und Antibiotika.« Die Rucksäcke und das Gewehr zu schultern dauerte eine Ewigkeit. Schmerzen stachen in seine Kniescheiben, als er Sarah aufhob und aufbrach, um einen Aufgang an die Oberfläche zu suchen.

Scott schleppte sie durch die Dunkelheit. Alle paar Meter blieb er stehen, weil sich in seinem Kopf alles zu drehen begann. Unter seinem Schädel pochte es und seine Gelenke brannten, doch er zwang sich weiter zu gehen, immer weiter – und trotzdem: kein Schacht zur Oberfläche wollte im schwindenden Licht der Taschenlampe erscheinen.

Er bog an einer Kreuzung ab, schleppte sich eine Ewigkeit - durch quiekenden Rattenschwärmen, die ungeniert zwischen ihren Beinen hindurchrannten - nur um in einer Sackgasse zu enden. Er seufzte und kehrte um. Die Lampe flackerte.

Schließlich erschienen in ihrem Schein die Sprossen einer Leiter. Scott blieb davor stehen und sah hinauf. Über ihnen war nichts als Dunkelheit.

»Warte hier«, sagte er zu Sarah und setzte sie auf dem Boden ab.

»Lass mich nicht zurück.«

»Das würde ich niemals.« Er reichte ihr die Taschenlampe. »Ich prüfe, ob die Luft rein ist.«

Er hatte bereits nach der ersten Sprosse der Leiter gegriffen, als ihm ein Gedanken kam: Hatte der garstige Ausbilder in der Armee ihn nicht gelehrt, seinen Körper so gut wie möglich vor einem möglichen nuklearen Fallout zu schützen? Möglichst nur mit Schutzanzug und ABC-Schutzmaske einen Bunker zu verlassen innerhalb der ersten zwei Wochen nach einem Atomkrieg? Scott hatte nichts von beiden dabei, aber ... Er seufzte, dann zog er seine Hose aus.

»Schatz? Was machst du?« Sarahs Lichtstrahl traf seinen entblößten Hintern.

»Tu das verdammte Licht weg. Ich brauche nur eine Maske«, sagte er.

Er nahm seine Unterhose und schob seinen Kopf durch eine der Beinöffnungen, sodass sie eng seine Nase und Wangen abschloss. Sie war etwas feucht, aber sie roch noch immer besser als die Luft in der Kanalisation. Es war keine FPP2, geschweige denn eine richtige ABC-Schutzmaske, aber noch immer besser als gar nichts.

Er stieg die Leiter hinauf, sich blind mit den Fingern die Sprossen hochtastend. Als er mit dem Kopf gegen den Deckel stieß, blieb er stehen und stemmte ihn hoch. Seine Finger knacksten. Asche ergoss sich über ihn, in seine Haare und die Augen, die er vor Schmerz zusammenkniff. Das Licht des Tages blendete ihn und er blinzelte einige Male. Als er sich umsah, ließ er beinahe vor Schreck die Leiter los.

Alles war schwarz oder grau, wie eine Kohlestiftskizze, frei von Leben und Farben. Eine pechschwarze Wolkendecke bedeckte den gesamten Himmel.

Die Straße, in deren Mitte er sich aus dem Kanalisationsschacht hievte, war mit grauer Asche bedeckt. Ausgebrannte Fahrzeuge lagen umgeworfen wie Spielzeuge über den Gehwegen verstreut und gegen die Mauern der Häuserruinen gepresst, die selbst kaum mehr waren, als ausgebrannte Gerippe.

Es war totenstill.

Nicht einmal der Wind wehte, als hätte die Natur erschrocken den Atem angehalten.

Scott stand eine Weile da, nur flach atmend und fassungslos die von jedem Leben freigestrahlte Landschaft anstarrend. Seine Knie zitterten und ein Schwindel überkam ihn.

Unwillkürlich kamen Erinnerungen auf an Afghanistan. Schmerzensschreie. Blut, das sich über den Sand ausbreitete. Der Gestank von brennendem Benzin. Gliedmaßen, die im Staub lagen. Katzen, die Eingeweide aus zerrissenen Leichen fraßen. Das war ihm damals alles endlos brutal vorgekommen, aber im Gegensatz zu dem dunklen Vakuum der nuklearen Wüste um ihn herum, war Afghanistan das blühende Leben gewesen; eine Welt, in der es noch Kameraden, mit denen man zusammen leiden und eine Heimat, zu der man zurückkehren konnte, gab. Dröhnend laut waren die Erinnerungen in dieser postapokalyptischen Landschaft. Zum ersten Mal in seinem Leben, spürte Scott einen Gedanken sein Bewusstsein streifen, den er stets mit aller Vehemenz abgelehnt hatte: Der Gedanke, es wäre es besser zu sterben, als weiterzuleben. Was konnte es denn in diesem Schatten einer Welt noch geben, wofür es sich lohnte weiterzukämpfen?

»Scott?«, kam ein Flüstern aus der Kanalisation und er zuckte zusammen. Er schüttelte sich aus seiner Erstarrung und erinnerte sich wieder daran, wofür es sich lohnte zu leben. Um das Richtige zu tun. Um für Sarah da zu sein. Weder hatte sie ihn jemals aufgegeben – egal wie lange er in Einsätzen weg war, noch wie schlimm seine finanziellen Probleme wurden – noch in Stich gelassen. Er war es ihr schuldig, sie nun nicht in Stich zu lassen, und selbst wenn es nur aus dem störrischen Tugendbewusstsein eines Soldaten war, der bis zum letzten seine Stellung hielt.

Er hievte die Rucksäcke hinaus und legte sein Gewehr darauf ab, bevor er wieder hinab kletterte.

»Scott? Bist du das?«

»Komm«, sagte er und griff nach ihrer Hand. »Bind dir die Kapuze deines Bademantels vor den Mund. Ich nehme dich huckepack.«

Oben angekommen sank Scott auf die Knie, hustete und wischte den Schweiß von seiner Stirn.

Seine Frau saß daneben im Staub.

»Einen Arzttermin zu bekommen, wird wohl etwas schwierig«, sagte Scott und versuchte sich zu einem Lächeln zu zwingen. Sarah starrte stumm an ihm vorbei mit ihren großen, sonst so niedlichen Augen, die nun aber leer und verschreckt wirkten. Er folgte ihrem Blick und erschauderte. Neben einem Autowrack lag ein Mann mit dem Kopf nach unten in Erbrochenem; zerzaustes graues Haar verdeckte sein Gesicht.

Sein entblößter Arm sah aus wie angebrannter Speck, überzogen mit feinen Bläschen verbrannten Fettes. Scott wandte seinen Blick schnell ab und berührte seine Frau mit den Fingerspitzen an der Schulter.

»Wie geht es dir?«

»Schmerz ... Durst ...«, sagte sie tonlos, ihre grünen Augen geweitet wie die eines kleinen, verwirrten Kindes, das nicht verstand, was um es herum geschah.

Scott stand auf. Seine Oberschenkel zitterten. »Du hast wahrscheinlich keine Kraft mehr, um weiter zu gehen?«

Sie schüttelte stumm den Kopf.

Er rieb sich die Stirn und seufzte. Ein kalter Stich ging durch seine Brust. »Wir haben keine andere Wahl. Ich bringe dich jetzt in eins der Häuser und danach suche ich uns etwas. Etwas zu essen. Zu trinken. Medizin. Okay?« Sie nickte stumm. Er trug sie in eine der Häuserruinen. Seine Beine zitterten und das Pochen in seinem Schädel wurde immer stechender, aber mit jedem Schritt fühlte er sich auch wieder wacher.

In der Ruine war nichts mehr übrig, was daran erinnerte, dass darin einst Menschen wohnten. Die Wände waren schwarz wie das Innere eines Steinofens, das Dach und die Fenster alle verschwunden - Pfützen geschmolzenen Glases zogen sich dort, wo sie einst waren durch die Asche.

Ein Badezimmer stand noch. Die Tür fehlte und die Zahnbürsten, Tuben und Shampoos waren zu grauen, ausgebrannten Plastikhäufchen geschmolzen, die aussahen wie Alienkot. Aus der Leitung kam kein einziger Tropfen Wasser.

Er legte Sarah in die Badewanne, die zumindest frei von Asche war. Asche, die wahrscheinlich zum Großteil aus radioaktiven Teilchen bestand. Dass er nach dem Heben des Kanaldeckels davon eine ganze Ladung in Gesicht abbekommen hatte, versetzt ihn in eine hibbelige Nervosität. Er fuhr sich immer wieder durch seine Haare und versuchte möglichst viele Ascheflocken mit den Fingern herauszukämen.

»Warte hier auf mich, Liebste«, sagte er. Sie zog die Kapuze ihres Bademantels herunter. »Scott ...«

»Zieh den Stoff wieder vors Gesicht«, er schob die Kapuze wieder über das Stupsnäschen und band den Mundschutz fester. »Du solltest in keinem Fall die Asche einatmen.«

»Scott ... Die Schmerzen.« Sie deutete auf ihr linkes Bein. Ihr Fuß stand noch immer geknickt ab und war rot geschwollen, als hätte ihn jemand mit einer Luftpumpe aufgepumpt. Dunkelblaue Hämatome wanderten ihre Waden hinauf, auf denen mehrere Wunden klafften, wie kleine Vulkane, die Blut und Eiter spien.

Das ganze Bein war eine Explosion von Gelb- und Lilatönen. Er glaubte an den Zehen bereits Schwarz zu sehen, aber er wollte es nicht sehen.

»Ich weiß, meine Liebe. Ich ...«, er streckte seine Hand nach ihrer Wange aus und strich darüber, bevor er, weil er sie nicht küssen konnte, seine Nase vorsichtig an die ihre rieb. »Ich gehe jetzt los. Irgendwo gibt es noch alles, was wir brauchen. Bald geht es dir besser.«

Sarah nickte und schloss die Augen. Er seufzte, schulterte seinen fast leeren Rucksack und nahm das Gewehr in die Hand. Er hatte sich bereits zum Gehen umgedreht, als sie ihm hinterherrief. »Scotty?«

»So hast du mich nicht mehr seit der Schulzeit genannt.« Unwillkürlich musste er lachen, das hysterische Lachen einer verzweifelten Person, und blieb stehen. »Ich hasse eigentlich diesen Namen, das weißt du ...« Sein Grinsen erstarrte, als er das blasse und von Dreck verschmierte Gesicht seiner Frau sah.

»Zigaretten wären toll«, flüsterte sie, gedämpft durch den Stoff der Kapuze, dann schloss sie die Augen.

Scott sah sie eine Weile an und fragte sich, wie er das alles nur schaffen, wie er ihr nur helfen konnte – aber er hatte keine Kraft viel mehr weiter zu denken, und so setzte er sich in Bewegung, langsam auf den tauben Beinen durch den Fallout marschierend.

7

Henry saß fünf Minuten einfach nur da, mit einer Scheibe Dosenbrot in der Hand und starrte die Wand an. Celine löffelte ihr Müsli mit H-Milch leer, dann räusperte sie sich und fragte:

»Das sind keine Ikea-Betten, oder?«

»Was?«, fragte Henry, der ihr gegenüber am kleinen Küchentisch kurz zusammenzuckte.

»Die Betten in den Schlafzimmern. Kein Ikea, oder?«, wiederholte Celine.

»Warum fragst du das?«

»Rein rhetorisch. Ist schon gut.« Sie verdrehte die Augen.

»Sie sind tatsächlich aber auch schwedisch wie Ikea. Hästens. Hoflieferanten der schwedischen Krone.«

»Sind ganz bequem«, sagte sie und zwinkerte ihm zu.

»Kann sein. Ich kann eh nicht schlafen«, sagte er und sah das Brot in seiner Hand an, als hätte er es noch nie zuvor gesehen.

»Glaubst du ich? Die Angst. Es ist einfach …«

»Dir geht es nicht gut, oder?«

»Wie kommst du darauf, Sherlock?«

»Ich dachte, du fragst nach den Betten, um eine Steilvorlage für einen Bonzenwitz oder eine Hasstirade gegen Reiche zu bekommen.

Habe ich dir geliefert und wurde enttäuscht.«

»Ah fick dich. Du bist ein Bonzenkind, auch wenn ich zu müde bin, dir das dauernd unter die Nase zu reiben.« Sie stand auf und stellte ihre Müslischlüssel mit solch einer Wucht in die Spüle der Küche, dass das ganze Geschirr darin schepperte.

Henry seufzte, dann führte er endlich die Brotscheibe zum Mund und nahm einen Bissen.

Die ersten Tage im Bunker hatten etwas von einem sonderbaren Albtraum für Henry und Celine gehabt. Immer wieder hatten Erdbeben die Wände erschüttert. Die Lampen an den Decken schaukelten dann wild hin und her und Henrys Herz raste, während er sich am Boden festhielt und die Decke nach Rissen absuchte. Er hatte Albträume, in denen die Decke zusammenbrach und ihn unter massivem Beton zu Brei zerquetschte. Celine und er schliefen in getrennten Schlafzimmern - wenn sie denn schliefen. Meist bekam Henry kein Auge zu. Er wälze sich hin und her, ertrank in kalter Einsamkeit. Seine Gedanken kreisten ununterbrochen um all seine Freunde und Verwandten, alle Menschen, die er mochte, und sogar jene, die er nicht ausstehen konnte und bei denen er die Tatsache, dass sie wahrscheinlich nun im nuklearen Feuer verschwunden waren, nicht ertrug.

Hatte sein merkwürdiger Künstler-Onkel mit Alkoholproblemen in New York überlebt? Der Professor, der ihm immer schlechte Noten reingedrückt hatte? Was war aus dem Flug seiner Mutter geworden? Was taten und dachten gerade die Menschen irgendwo in Südamerika oder Afrika, auf deren Länder vermutlich keine Atomwaffen abgeworfen worden waren? Wunderten sie sich darüber, dass niemand mehr ihre E-Mails beantwortete? Warum war es überhaupt zu einem nuklearen Angriff gekommen? Wer war so wahnsinnig die Welt zu vernichten? War das alles vielleicht nur ein Albtraum und er würde wieder aufwachen? Die Gedanken kreisten und kreisten ... bis er schließlich aufstand und durch den Bunker wanderte, meist zum Bad oder zur Küche, um einen Kräutertee zu trinken.

Fast immer traf er dabei Celine, die halb benommen durch die Gänge schlurfte, die Monets an den Wänden anstarrte oder schweigend Zigaretten auf der Couch rauchte. Sie sprachen nachts nie miteinander, huschten nur einander vorbei wie Geister, das von Tränen nasse Gesicht des jeweils anderen stumm ignorierend.

Einmal kam es in der Nacht fast zu einem Gespräch, als Celine mit einem silbernen Kerzenständer - den sie sowohl zum Anzünden ihrer Zigaretten als auch als Lichtquelle benutzte - vor einem Monet saß.

Henry schlurfte an ihr vorbei. Die Rauchfäden strichen durch sein Gesicht und seine Augen tränten. Er wollte bereits den Mund öffnen und sie anschnauzen, sie solle woanders rauchen, als sie plötzlich, wie in Trance vor sich hinmurmelte.

»Als Kind habe ich mal in einem Buch gelesen, dass Claude Monet gerne Zitroneneis aß. Aber wenn ich diese Bilder ansehe, scheint er mir mehr wie der Typ für Pistazieneis.«

Henry blieb stehen. Sein Gedankenapparat stockte. Er wusste nicht, was er sagen sollte. Dass es vielleicht im 19. Jahrhundert kein Pistazieneis gab? Dass nur weil viele der Gemälde grün waren, das nichts mit dem Geschmack von Pistazien zutun hatte? Dass es vielleicht wirklich eine sehr absurde Frage war, welchem Speiseeis-Typ ein seit über hundert Jahren toter Maler entsprach? Dass in der Apokalypse aber genau solche absurden Fragen genauso viel wert waren wie alle anderen, weil eh alles sinnlos geworden war? Er wusste es nicht. Er stand nur eine Weile da, benommen von müden Gedanken. Dann nickte er und schlurfte wieder in sein Bett.

Tagsüber verbrachten sie die meiste Zeit zusammen, auch wenn sie auch kaum miteinander sprachen. Die Gespräche endeten einfach in unangenehmen

Sackgassen oder emotionalen Ausbrüchen, weshalb jeder für sich seiner Trauer und Interessen nachging. Sie beschäftigten sich beide vor allem damit zu verstehen, wie der Bunker funktionierte. Allein zu verstehen, wie er die Zeitschaltuhren für die Tages- und Nachtbeleuchtung sowie den Batteriebetrieb konfigurieren musste, beschäftigte Henry einen ganzen Nachmittag - bis ihm Celine augenrollend die Bedienungsanleitung in die Hand drückte. Danach war es eine Sache von zwei Minuten.

Sie durchsuchten die Trockennahrung im Lager nach Kochzutaten. Immer wieder ertappte er sich dabei, wie er zur Hosentasche griff, um sein iPhone zu zücken und nach etwas zu googeln, wie ein Rezept oder einem Buch - aber ah ja, das ging nicht mehr. Sie waren von dem Informationsnetz des Internets, mit dem sie aufgewachsen waren, abgeschnitten. Das damit einhergehende Gefühl der Verlorenheit, blind mit nur analogen Daten über die Welt zurechtzukommen, versetzte sie in eine Nervosität, die beide zunehmend mit dem Rauchen von Zigaretten beruhigten, sodass sich immer mehr schwarze Schlieren an der grauen Decke im Wohnzimmer bildeten.

Die beiden kleideten sich noch dazu mit den zugegebenermaßen altmodischen Klamotten der Eltern von Henry ein.

Henry trug meist Hemd, marineblauen Sakko und braune Lederschuhe. Sie fand das spießig und machte sich darüber lustig mit Sprüchen wie »Hey Opa, schickes Hemd – auf dem Weg zu einem Bewerbungsgespräch beim Altersheim?«

Ihm aber gab es das Gefühl von Kontrolle, von Disziplin, von der Möglichkeit zumindest sich selbst in Ordnung zu halten, während die Welt über ihnen auseinandergebrochen war. Sie hingegen trug mal Jogginghosen und T-Shirt, mal tanzte sie in einem Ballkleid durch die Flure, worüber er dann lachte.

»Was? Ich wollte immer so ein Kleid haben und konnte es mir nie leisten. Jetzt fühle ich mich wie so eine kitschige Disneyprinzessin - es ist toll!«

Er widersprach dem nicht, denn heimlich gab er zu, dass das Kleid ihr stand und ihm dieser Anblick gefiel. Einmal hatte er in einer Nacht zwischen zwei Albträumen einen sehr feuchten Traum über dieses Kleid. Als er dann bis zum Anschlag erregt erwachte, tastete er instinktiv nach seinem Smartphone – aber mit dem Internet, war auch Pornhub verschwunden, und seine Fantasie war schon längst zu abgestumpft, um die visuelle Stimulation zu ersetzen. Und so rollte er sich wieder unbefriedigt in den Schlaf, wo die Krallen und Fangzähne seiner Albträume ihn bald wieder fest umschlossen.

Zum Ende der ersten Woche hatten beide tiefe Augenringe und zittrige, stinkende Finger vom vielen Rauchen. Sie hatten Routinen entwickelt für das Kochen von Bohnen und Reis – ihren Hauptnahrungsmitteln – und dem Putzen von Bad und Küche. Die Langeweile begann einzusetzen. Henry durchsuchte den Werkzeugraum, inspizierte Waffen und Funkgeräte. Er baute sogar eine Funkstation auf dem Boden des Wohnzimmers auf, aber außer Rauschen kam nichts aus den Kopfhörern. Er wusste durch seine fehlende technische Kompetenz nicht, ob es daran lag, dass sie unter der Erde waren oder ob tatsächlich niemand mehr sendete. Oder überhaupt jemand je gesendet hatte. War Funk möglicherweise eine dieser Technologien, die durch das Internet schon in den Jahrzehnten vor dem nuklearen Krieg ausgestorben war? Er wusste es nicht, denn technische Themen und Militärtechnik nach 1820 hatten ihn nie sonderlich interessiert.

Eine Gänsehaut kribbelte durch seinen Körper bei der Frage und er traute sich nicht in den Büchern über Funk, von denen in den Regalen genug standen, nach einer Antwort zu suchen. Celine hätte ihn darauf hinweisen können, dass es auf jeden Fall am Ersteren lag, aber sie hatte aus ihrer Sicht Wichtigeres zu tun und auch sie fürchtete tatsächliche Stille zu hören.

Celine sah sich Filme an, alte Blu-Ray Discs der Lieblingsfilme seines Vaters, trug ein hellblaues Seidenkleid und rauchte Zigaretten. Gerade als er das Funkgerät wieder ab stöpselte, sah sie sich *Star Wars IV* an. Henry ertrug das nicht. Der Film erinnert ihn an eine Kindheit, die nun in rot glühenden Pilzwolken verschwunden war. Und vor allem wirkte er lächerlich. Es wirkte unerträglich naiv und dumm ein Märchen zu sehen über eine Menschheit, die sich in den Sternen ausgebreitet hatte, während sie in der Wirklichkeit sich selbst zu Staub reduzierte.

Er setzte sich neben Celine auf die Couch, zündete eine Zigarette an und sagte: »Ich finde nicht, dass wir jetzt Filme schauen sollten.«

»Dann geh doch wichsen oder ein Buch lesen. Oder habe ich dich nach deiner Meinung gefragt?«

»Wir sollten eher etwas tun, um uns besser kennenzulernen«, sagte er, nahm die Fernbedienung und schaltete den Fernseher aus. »Schließlich bilden wir jetzt eine Schicksalsgemeinschaft.«

»Was für eine Scheiße. Schicksalsgemeinschaft? Sind wir Hobbits, oder was?« Celine starrte ihn mit ihren dunklen Augenringen an. »Gandalf. Ich bin jetzt nicht sonderlich erpicht darauf dich kennenzulernen. Ich würde lieber den Film genießen.«

»Warum das?«

»Weil ich so das vage Gefühlchen habe, dass wir keine Freunde werden. Wir passen null zueinander. Und du gehst mir gerade verdammt auf den Sack.«

»Eine gewagte These. Insbesondere nachdem du mit mir geschlafen hast.«

»Das war ein One-Night-Stand, das niemals zu diesem eintausend-und-eine-Nacht-Stand hier hätte werden dürfen. C'est la vie«, sagte sie und spie Rauch. »Bild dir darauf nur nichts ein.«

»Warum nicht? Zumindest eine gewisse Grundsympathie wirst du wohl für mich haben, sonst wären wir nicht von der Bar zusammen zu meinem Schlafzimmer gezogen.«

»Ich wollte halt irgendwen bumsen und eine Nacht in einem schicken Bett verbringen. Du warst das perfekte Opfer dafür«, sagte sie und drückte ihre Zigarette auf dem Haufen der anderen Stummel aus. Er nahm einen Zug von seiner, atmete den kratzenden Rauch ein und blies ihn zur Decke.

»Das tut weh.«

»Als ob du dir nicht das gleiche gedacht hast - abgesehen vom schicken Bett natürlich.«

»Ich bin kein Freund davon Menschen zu Objekten, auf Sexspielzeuge, zu reduzieren. Das ist so anti-humanistisch.«

»Spar dir deine prätentiöse Heuchelei. Objektifizieren tut ihr Männer doch immer«, sie zuckte mit der Schulter, wobei die Träger des Kleides herabrutschten, und zündete sich bereits eine neue Zigarette an. »Ihr kuckt zuerst auf die Brüste und die Hüften, bevor eure Affenhirne auch nur einen Gedanken daran verschwenden, ob die Person dahinter zu euch passt.«

»Und dann stecken wir mit ganz hübschen, aber ziemlich durchgeknallten Psychopathinnen in einem Bunker fest.«

Celine lachte. »Ganz genau. Selbst schuld.«

»Nun, zumindest bei unserer Begegnung, habe ich tatsächlich mich schuldig gemacht im Sinne der Anklage«, sagte er und starrte zur verrußten Decke. »Auch wenn das das erste Mal war, dass ich so dachte und der Whiskey seinen Teil beitrug.«

Sie hob ihre Augenbrauen und streckte sich auf der Couch aus. »Wie soll ich das verstehen?«

»Wortwörtlich«, sagte er und zog an dem Glimmstängel bis die Hitze an seinen Fingern und Lippen unerträglich brannte. »Du bist die zweite Frau, mit der ich in meinem Leben geschlafen habe.«

»Scheiße«, sie rieb sich mit dem Handrücken über die Stirn. »Mit was für einem Loser stecke ich hier nur fest. Nicht nur ...«

»Der Loser hat dir dein Leben gerettet«, sagte Henry und drückte die Zigarette auf dem Tisch aus.

»Wie ist das überhaupt möglich?«, sie runzelte die Stirn. »So hässlich bist du gar nicht. Und reich.«

»Nun ... bekomme ich noch eine?«, sie gab ihm Schachtel und Feuerzeug, und er zündete eine weitere Zigarette an. Als der Rauch in seinen Mund drang, streckte er unwillkürlich die Zunge aus. Der Aschegeschmack ekelte ihn noch immer an, auch wenn er sich so langsam zu sehr an die Wirkung gewöhnte.

»Bis vor einem halben Jahr war ich mit meiner Schulliebe zusammen.« Er seufzte.

»Wie kitschig.«

»Wir war sieben Jahre lang sehr kitschig zusammen. Aber ein Jahr Fernbeziehung ... Nun, sie saß dem Irrglauben auf durch die Treue zu mir etwas zu verpassen. Trotz ihrer Reue danach, war das Vertrauen zerstört. Die Trennung folgte, dann der Tod meines Vaters. Meine ganze Welt brach schon vor den Bomben auseinander. An dem Abend hatte ich im Delirium entschieden, diesen Casual Sex zu probieren, über den sich meine dummen Kommilitonen immer beklagten.« Er betrachtete den aufsteigenden Rauch und schwelgte in Erinnerungen. »War genauso beschissen, wie ich erwartet habe. Der schlimmste Sex meines Lebens. Primitiv, emotionslos und ungeschickt.«

»Willst du damit behaupten, ich wäre schlecht im Bett?« Sie sah ihn mit weit aufgerissenen Augen an.

»Ziemlich schlecht«, sagte er und grinste, als er sah, dass sie das tatsächlich als eine Beleidigung auffasste.

»Das beruht wohl auf Gegenseitigkeit. Dein Königsbett war echt bequem, aber der Sex? Das war der beschissenste Sex seit der Unterstufe – und an mir wird das sicherlich nicht gelegen habe, da gibt es mehr als genug Vergleichserfahrungen.«

»Wenn ich raten müsste, würde ich darauf tippen, dass es weniger an einem Mangel an Quantität, sondern an Qualität bei den Erfahrungen liegt. Und der Rest war Alkohol.«

»Und das aus dem Mund eines Typens, der quasi im priesterlichen Zölibat lebt.«

»So würde ich das nicht sehen. In sieben Jahren Beziehung lernt man einiges, das sind … lass mich mal rechnen ... gut über tausend Male Liebemachen. Sex ist ein bisschen wie Klavierspielen. Man wird nie ein guter Spieler, wenn man tausend Stücke nur einmal spielt, sondern erst wenn man ein einzelnes Stück tausende Mal gespielt und studiert hat. Erst dann kennt man die Wirkung jeder einzelnen Taste, jeden notwendigen Fingertrick, um die Melodien fehlerfrei zu ihren Höhepunkten und darüber hinaus zu führen.«

»Willst du damit sagen, ich soll erst tausend Mal mit dir schlafen, bevor ich dir eine Lowperformance im Bett attestieren darf?«

»Ich wollte nur darauf hindeuten, dass ich angesichts meiner empirischen Daten gar nicht der schlechte von uns beiden sein kann.«

Sie biss sich auf die Unterlippe, ein Lächeln versteckend. »Versuchst du mich zu beleidigen oder dich nur auf deinem eigenen Ego aufzugeilen?«

»Ein bisschen von beiden.«

»Du willst wirklich, dass ich dir in den verzogenen Arsch trete, oder?«

»Ich will einfach meine Mitbewohnerin Celine besser kennenlernen«, sagte er mit einem spitzbübischen Lächeln.

»Was würdest du denn über mich lernen wollen?«, fragte sie und sah an den heruntergerutschten Trägern ihres hellblauen Kleids hinab, die ihre nackte Schulter und das schwarze Dessous entblößten.

»Oh, so vieles.«

»Würdest du etwas ... spezifischer werden?«

»Zum Beispiel.« Er deutete auf das Tattoo auf ihrem linken Unterarm. »Warum hast du dir diesen Teddybären tätowieren lassen?«

Ihr Lächeln gefror. »Das ist zu persönlich ... Sorry.«

»Wie kann es persönlich sein, wenn du es dir für alle sichtbar tätowiert hast?«

»Ich habe es als Erinnerung für mich selbst tätowiert.« Sie zog die Träger wieder über die Schulter und streckte die Hand aus. »Reichst du mir die Fernbedienung? Ich will den Film fertig sehen.«

»Ich ... Ich gehe das Fitnessstudio ausprobieren. Etwas den Kopf durchlüften, nach dem ganzen Rauchen«, sagte er und reichte ihr die Fernbedienung.

»Mach das«, sagte sie und wandte sich wieder dem Fernseher zu. »Es würde deiner Figur wirklich nicht schaden mal etwas Sport auszuprobieren.«

8

Scott wanderte durch die verwüsteten Straßen, bei jedem Schritt Asche aufwirbelnd. Seine Schuhe waren mittlerweile grau. Je weiter er ging, desto weniger ausgebrannt waren jedoch die Häuser und Fahrzeuge, und umso mehr Leichen pflasterten seinen Weg. Es waren hunderte. Manche waren nicht mehr als schwarze Knochen, an denen Bläschen aufgeschäumten Fettes und Fetzen knusprigen Gewebes hingen. Die meisten waren einfach durchgebraten, die Haare zu einer schwarzen Klebemasse geschmolzen, die Kleidung als Asche davongeweht und die Haut nur noch dunkelbraune Kruste. Aber es gab auch frischere. Sie lagen meist vor offen stehenden Haustüren, verkrümmt wie Embryos, im eigenen Erbrochenen. Er sah auch eine Frau, deren weißes Poloshirt von Blut durchtränkt war und in deren Gesicht und Brust Einschusslöcher klafften. Bei ihrem Anblick entsicherte er sein Gewehr und sah sich um, aber in der Wohnsiedlung, durch die er wanderte, herrschte die Stille eines Grabes.

Nach einer Weile kam er in weniger verwüstete Gegenden, mit Leichen, die erst ein, zwei Tage alt zu sein schienen, als ein hustendes Geräusch ertönte.

»Entschuldigung ... Entschuldigung ...«, hörte er eine röchelnde Stimme und blieb erstarrt stehen. Er riss das Gewehr hoch, die Beine leicht angewinkelt, drehte sich langsam um. »Entschuldigung ... Ist da ... Ist da jemand?«

Scott folgte der Stimme mit dem Lauf. Was er sah, ließ ihn unwillkürlich einen Schritt zurückweichen. Zwischen zwei Häuflein Schutt lag eine Gestalt auf dem Rücken, selbst so grau wie Staub. Es war ein Mann ... oder was von ihm übrig war. Seine Arme waren wie karamellisiert, über die verätzte Brust und die Schultern spannten sich Fäden von geschmolzenem Kunststoff und getrocknetes Erbrochenes. Seine Augen waren weiße Höhlen, die blind an Scott vorbei starrten. Der Schädel war beinah kahl, herablösende Haarbüschel hingen links und rechts an seinen Ohren.

»Entschuldigung ... Ist da jemand?«

Scott schluckte. »Ich ... Ich ... bin hier.«

Ein erleichtertes Seufzen wich der versengten Gestalt aus der Brust. »Guten Tag. Ich bin Matthias«, hauchte es zwischen den aufgeplatzten Lippen, und ein Zahn purzelte heraus.

»Hallo, ich bin Scott. Kann ich ... Kann ich Ihnen irgendwie helfen?«

»Deswegen habe ich Sie ja angesprochen. Wissen Sie ... ich bin glaube ich ... blind ... Ich habe ... Es war so alles so hell und heiß ... und dann habe ich lange geschlafen ... mit den Einhörnern ... böse rote Einhörner überall ... und Durst ... ich hatte so lange Durst. So lange auf die guten weißen ... Rettungskräfte ... Einhörner gewartet.«

»Wollen Sie etwas zu trinken? Ich befürchte, ich habe selbst nichts, aber ich kann Sie aufstützen oder ein Stück tragen, bis wir etwas finden.« Scott kniete sich zu dem Mann hinab. »Sie sehen sehr ausgetrocknet aus.«

Der Schädel der verbrannten Gestalt wog leicht hin und her. »Nein ... Ich habe keinen Durst mehr ... nicht mehr ... Aber meine Tochter ... Wir sind zusammen auf den Einhörnern vor ... vor den flammenden Orcs geflohen. Sie hat sicher Durst ... Sie trinkt immer so wenig. Wissen Sie, hat sie schon immer ... Als Kind schon. Meine Frau hat sich beklagt, dass die Brüste so ... voll waren ... Ich natürlich nicht, aber das ... das bleibt unter uns... Meine Becca, meine Tochter, meine Tochter braucht etwas zu trinken.«

»Ihre Tochter?«, fragte Scott.

»Meine Tochter ... Sie ist doch hier? Sie ist noch zu jung, um allein spielen zu gehen. Die Einhörner ... Die dunklen Orcs könnten sie sonst entführen ...«

Scotts Herz schlug schneller. Er sah sich um, richtete sich auf, und sein Magen zog sich zusammen.

Ein paar Meter hinter dem Mann lag ein kleines Mädchen.

Sie war vielleicht acht Jahre alt, in einem zerfetzten blauen Kleidchen, mit kahlem Kopf, dem ausdruckslosen Gesicht im Staub, umgeben von einem Kranz herausgefallener Haare.

»Meine Tochter ... Meine Tochter ist doch hier?« Matthias Körper zuckte plötzlich, als würde er sich aufrichten wollen, aber seine Hand, von der sich die Haut bereits ablöste, sank nach wenigen Zentimetern wieder zu Boden. Scott kniete sich zu ihm hin und nahm die Hand, drückte sie sanft. Sie fühlte sie wie kaltes Schmirgelpapier an, aber Matthias erwiderte den Druck leicht, ganz zart.

»Deine Tochter. Wie heißt sie?«, fragte Scott. Eine Träne lief über seine Wange.

»Rebecca... Meine Becca ... Geht es ihr gut? Haben die Einhörner?«, flüsterte Matthias. Seine Augen fielen zu.

»Becca« Scott atmete tief durch. »Geht es gut. Die guten Einhörner haben sie an einen besseren Ort gebracht.«

»Das ... Das ist gut ... denn ich kann sie nicht mehr nach Disneyland mitnehmen ... Ich muss mich ausruhen ...«, flüsterte Matthias und verstummte, der sanfte Druck der Hand verschwand, und die Lippen erstarrten.

Scott seufzte, dann stand er auf und ging zu dem kleinen Mädchen. Er hob ihren kalten, steifen Körper hoch und trug sie zu ihrem Vater, wo er sie auf dessen Brust legte.

»Ruhet zusammen in Frieden, Rebecca und Matthias. Es tut mir leid, dass ich nicht mehr tun konnte.«

Er wandte sich ab und marschierte weiter, die Brust voller kaltem Eis. Auch wenn er schon viele Tode erlebt und weder Vater noch Tochter gekannt hatte, liefen Tränen über seine Wangen, und es dauerte eine Weile, bis er sich wieder gefasst hatte.

Er ging weiter, und je weiter er ging, desto seltener wurden Leichen, und desto mehr kam er in die Vorstadt, die weit außerhalb der Explosionen lag. Die Familienhäuser - oder eher zunehmend Villen – sahen hier sogar fast intakt aus, wären nicht die zersplitterten Fensterscheiben, entwurzelten Sträucher und eine dünne Schicht an Asche, die über allem wie ein Brautschleier lag. Das größte, was er an Verwüstung ausmachen konnte, war ein ausgeplünderter Supermarkt – vor dem mehrere Leichen mit Stich- und Schusswunden, und zertrümmerte Regale lagen. Außer Leichen, konnte er aber keinen einzigen Menschen in seiner Nähe ausmachen.

Er dachte gerade darüber nach, wo er genau war und ob er versuchen sollte in dem Supermarkt nach von den Plünderern zurückgelassener Nahrung zu suchen, als er in einer Parallelstraße einen Automotor anspringen hörte.

Scotts Nackenhaare stellten sich auf.

Er hob den Lauf seines Gewehrs und machte einen Schritt nach dem nächsten in die Seitenstraße. Der Motor verstummte wieder.

Scott erspähte hinter dem Haus, das er gerade umrundete, einen schwarzen Pick-up. Ein schlanker Mann in einem blauen Hemd, die Ärmel hochgekrempelt, beugte sich dort über die Ladefläche. Er trug quietschgelbe Gummischuhe und an seinem Gürtel baumelte ein klobiger Revolver. Scott ging in die Hocke und schlich sich entlang einer entwurzelten und verkohlten Hecke an. Der Mann richtete sich auf. Er trug eine Gasmaske, die seinen ganzen Kopf bedeckte, und blieb stehen, bis er plötzlich mit gezücktem Revolver herumwirbelte.

»Glaubst du, dich einfach anschleichen zu können?«, schrie er und zielte auf Scott, der zurückwich und die linke Hand vom Lauf nahm, um sie beschwichtigend zu heben.

»Ruhig Blut. Ich wusste gar nicht, dass hier sonst noch jemand überlebt hat. Ich bin verdammt froh ...«

»Was willst du?«

»Hilfe und helfen. Meine Frau ist krank. Sie braucht Antibiotika und eine Kleinigkeit zu essen und zu trinken. Wenn du etwas davon hast, dann können wir vielleicht handeln oder ...«

»Wenn deine Frau genauso wie du mit einer Unterhose vor dem Gesicht herumläuft, dann sind die Medikamente verschwendet an ihr«, sagte der Fremde. »Ganz ehrlich, so ungern ich es sage. Ihr werdet beide innerhalb der kommenden Tage sowieso an der Strahlung verenden. Ah, was rede ich da? Ihr habt vielleicht noch Stunden, wenn ihr das schon die ganze Woche macht. Ein schneller Tod durch einen Kopfschuss, wäre das Beste, was du deiner Frau geben kannst.«

»Wir waren die ganze Zeit unter der Erde, wir überleben das schon, aber danke für deine Ratschläge«, Scott umschloss wieder den Lauf seiner Waffe. »Wir sind die letzten Menschen hier. Wir müssen uns gegenseitig helfen, wenn wir überleben wollen. Ich bitte dich, es ist nicht viel, was ich will. Ein paar Pillen, etwas Wasser. Zusammen können wir viel weiterkommen. Ich kann jagen und Autos reparieren.«

»Ein kleines Wasser gebe ich dir, und dann verschwindest du wieder. Ich brauche deine Hilfe nicht.«

»Bitte, nur ein paar Penicillin oder was auch immer du hast. Sie hat eine entzündete Wunde, die schnell versorgt werden muss.«

»Ich würde ja gern helfen, aber ...« Der Mann kratzte sich mit der freien Hand an seinem Hintern.

»Wenn ich euch jetzt meine Medikamente gebe, dann sind sie für immer weg. Vielleicht braucht meine Tochter sie bald und dann fehlen sie. Die Zivilisation ist zusammengebrochen. Die Fabriken stehen still. Es gibt keinen Nachschub mehr für nichts, verstehst du das? Ich kann nichts mit Todgeweihten teilen, was ich vielleicht später selbst brauchen werde. Ich habe nichts gegen dich, aber es ist einfach vernünftige Selbsterhaltung.«

Scott nickte. »Ja. Aber ich kann das nicht akzeptieren.« Sein Finger sank auf den Abzug des Gewehrs.

»Das würde ich an deiner Stelle lassen«, ertönte eine weibliche Stimme links von ihm. Durch das Erdgeschossfenster des Hauses zielten zwei Frauen mit Gasmasken auf ihn mit Pistolen. Eine war einen Kopf kleiner; kupfernes Haar quoll unter ihrer Maske hervor. Sie fuchtelte mit dem Lauf in seine Richtung. »Verzieh dich, sonst knallt es.«

Scott starrte sie an. Dann verzog sich sein von Kot und Asche verschmiertes Gesicht unter der Unterhose zu einem Grinsen.

»Das glaube ich nicht.«

»Wirst du auch nicht müssen. Wenn du nicht sofort abhaust, verteilen wir dein fucking Brain auf der Street.«

»Süße, doch nicht so ein Vokabular«, zischte die größere der beiden Frauen, wohl die Mutter.

Der Mann trat auf Scott zu, den Revolver weiterhin auf ihn gerichtet und warf ihm eine kleine Wasserflasche vor die Füße. »Bitte. Nimm das Wasser und verschwinde, denn mehr als das werden wir dir nicht geben.«

Scott zielte ungerührt auf die Waffenhand des Mannes. Er spürte, wie die Wut in seinen Adern kochte, wie es unter seinen müden Schläfen brodelte. »Ich mache einen Gegenvorschlag. Du kannst diese Flasche behalten und dir in den Arsch schieben, dafür gebt ihr mir euren Wagen und die halbe Ladung drauf. Sowie alles, was ihr an Medikamenten habt. Essen und Trinken teilen wir fair durch fünf, also 40:60.«

»Warum sollten wir soetwas bescheuertes tun?«, rief die Teenagerin, aber der Vater mit dem Revolver trat bereits einen Schritt zurück und hinter den runden Gläsern der Maske weiteten sich die Augen.

»Ganz einfach« Scott grinste. »Im Gegensatz zu dem Plastikspielzeug deiner Frau hat mein Gewehr echte Munition geladen.«

In dem Moment donnerte es und eine rauchende Flamme schoss aus dem Revolver. Ein Luftzug streifte Scotts Kopf, aber er rührte sich nicht. Für den Bruchteil einer Sekunde zögerte er.

Das Fadenkreuz des Gewehrs schwankte zwischen der Brust und der Hand des fremden Mannes, dann drückte Scott ab. Der Mann schrie und wirbelte herum, eine kleine Pirouette aus Blut drehend, bevor er zu Boden sank. Sein Revolver und sein Daumen lagen in einer kleinen Blutpfütze im Staub. Scott drehte sich um und gab einen zweiten Schuss ab, der über die Köpfe der beiden Frauen hinweg peitschte, die daraufhin kreischend in Deckung gingen.

»Arschloch! Fucking Wichser!«, schrie die Jüngere.

Scott hob den Revolver auf und sah den Vater an, der wimmernd am Wagen lehnte und mit der linken Hand die zerfetzte Rechte festhielt, wobei das Blut zwischen seinen Finger hervorquoll.

In Scotts Schädel pochte es, das Adrenalin rauschte noch durch seine Adern und er hatte das Gefühl unter der Unterhosenmaske zu ersticken, aber er zwang sich ruhig zu sprechen. Seine Stimme zitterte trotzdem, während er sagte: »Das war wirklich weder klug noch notwendig. Wir hätten einander helfen können. Aber dafür ist es nun leider zu spät.«

»Halt einfach dein Maul«, presste der Mann gequält hervor.

»Wie bitte?«, fragte Scott.

Scott spannte den Hebel des Revolvers und zielte auf den Mann. Dieser hob sofort die Hände, wobei noch mehr Blut über seinen Armen und das Hemd kleckerte.

»Hey, hey … Sorry. Ich wollte nur …«

»Deine Familie verteidigen. Ich weiß. Das wollen wir jetzt alle«, sagte Scott, während eine halbe Seitwärtsdrehung machte, um mit dem Gewehr auf die beiden Frauen zu zielen, die hinter dem Fenster kauernd ihn anstarrten. Ein Messer glänzte bereits in den Händen des Mädchens. Scotts Blick wanderte zwischen dem verletzten Mann und den Frauen hin und her, während er auf sie zielend langsam rückwärts ging, um den Wagen zu umrunden. Immer wieder warf er einen schnellen Blick zurück, um sicherzugehen, dass nicht sonst noch jemand kam. Er konnte es nicht ausschließen, dass es noch mehr Familienmitglieder gab oder andere Personen, die im Gegensatz zu den beiden Frauen echte Waffen hatten. Die ganze Situation gefiel ihm nicht und er wollte so schnell wie möglich verschwinden.

»Es tut mir leid, dass es so endet. Wo ist der Wagenschlüssel?«, rief er zu dem verletzten Mann.

»Steckt drin. Du Wichser, mein Daumen. Wirst du … ?«

»Aufstehen. Hände in die Höhe, wo ich sie sehen kann und weg vom Wagen. Lauf zu deiner Familie.«

»Aber meine Hand ...« Scott schoss in die Luft und der Schuss donnerte über den Kopf des Mannes hinweg. Sofort sprang dieser auf und rannte zum Haus.

»Habt ihr Verbandszeug und Essen im Haus?«, rief Scott, während er den Revolver auf das Autodach legte, das Gewehr daneben aufstützte und mit der freien Hand die Autotür öffnete.

»Ein wenig ...«

»Kriegst du die Schusswunde versorgt?«, fragte Scott.

»Ähm ...« der Mann starrte perplex auf seine noch immer von Blut tropfende Hand. »Denke schon. Wir haben Mull, wir haben ...«

»Dann wird das wohl reichen müssen.« Scott warf sein Gewehr auf den Beifahrersitz. »Und jetzt lauft«, sagte er und schoss mit dem Revolver mehrmals auf das Hausdach. Die Familie floh Hals über Kopf, den Vater durchs Fenster ziehend und schreiend, ins Innere. Als die Trommel klickte und in seinen Ohren die Schüsse nachklirrten, warf er den leeren Revolver in den Staub und schwang sich auf den Fahrersitz. Er trat sofort aufs Gaspedal und raste davon, eine große graue Aschewolke hinter sie aufwirbelnd.

Während er die verwüsteten Straßen hinabfuhr, stieg Ekel in ihm auf, Ekel vor sich selbst. Er hatte während seiner Zeit in der Armee einige unrühmlich Dinge getan. Getötet, verstümmelt ... vielleicht einmal sogar unwissend die Falschen. Aber er hatte das immer mit dem Gefühl getan, auf der Seite des Rechts zu stehen, zumindest das Gute anzustreben. Nie hatte er jemanden ausgeraubt, nie hatte auch nur etwas gestohlen, nie hatte er sich wie ein Verbrecher gefühlt. Aber genauso fühlte er sich nun: wie ein kleiner, schmutziger Dieb und Räuber, der vom Tatort floh – und es erfüllte ihn mit unermesslichem Ekel. Er fragte sich sogar, ob er so überhaupt würdig und in der Lage war vor Sarahs Augen zu treten.

Manche Menschen hätten darin eine Erleichterung gespürt, dass es nun weder Polizisten noch Richter gab, die ihn für sein Vergehen jagen würden – aber genau das, dieses Fehlen der Ordnung und Gerechtigkeit, wog nur noch schwerer aufs Scotts Gewissen.

Auf der halben Strecke hielt er den Wagen an, um den prall gefüllten Kofferraum zu durchsuchen, ob sich irgendwo eine Flasch Scotch fand. Aber er fand nicht einmal einen einzigen Tropfen trinkbaren Alkohol, doch dafür mehrere Schachteln Antibiotika, deren Anblick ihm eine viel größere Freude bereitete.

9

Beim Abendessen schwiegen beide.

Henry hatte ihnen Reis mit Bohnen und Dosengemüse in einer Teriyakisoße gemacht. Celine stocherte darin lustlos herum.

»Sicher, dass wir keinen Alkohol haben?«, fragte sie.

»Sicher.«

»Hast du schon bei den Wertgegenständen nachgesehen? Vielleicht sind da irgendwo doch noch feine Flaschen versteckt.«

»Es gibt keinen Alkohol hier, abgesehen von Desinfektionsmittel, welches du sicherlich nicht trinken willst. Mein Vater konnte das Zeug nie ausstehen.«

»Scheiß Spinner. Sogar Jesus hat doch Wein gesoffen!«

»Ich glaube, der Alkoholismus meines Onkels ...«

Celine schlug mit der Faust auf den Tisch, sodass das Besteck klirrte. »Ich halte diese Klarheit in meinem Schädel nicht mehr aus. Eine Apokalypse ohne Alkohol, ohne Betäubung? Mindestens einen Sundowner auf den Untergang der Zivilisation hätten wir uns verdient! Was ist das für eine Scheiße! Wozu haben wir überhaupt überlebt?«

Henry zuckte unwillkürlich zusammen. »Weil zu leben immer besser ist als tot zu sein?«

»Blödsinn. Was soll daran besser sein? Das einzige, was wir tun, ist uns langweilen, weinen über das was passiert ist und auf den Tod warten.« Tränen rannen über ihre Wangen.

»Wir warten nicht auf den Tod«, sagte Henry.

»Auf was dann?«, schrie sie.

»Darauf, dass die Geschichte weitergeht«, sagte er, so ruhig wie er konnte, auch wenn seine Finger bereits zitterten. »Wir sind sicherlich nicht die einzigen Überlebenden. Irgendwann wird die Strahlung sinken und wir werden irgendwie Kontakt zu den anderen aufnehmen.«

»Irgendwie ... Irgendwann ...«, äffte sie ihn nach. »Und was dann? Werden wir in Selbsthilfegruppen Dosenbohnen fressen, rumheulen und uns bemitleiden? Das ist doch kein Leben.«

»Nein, wir werden die Welt neu erobern für die Menschheit, für das bewusste Leben«, sagte er und ein sonderbares Leuchten funkelte in seinen Augen auf. »Verstehst du das nicht? Du und ich werden zu den Gründungsmüttern und Gründungsvätern einer neuen Zivilisation gehören. Jeder Einzelne, der überlebt hat, wird jetzt wichtig, wird in den kommenden Jahren die ersten Kapitel neuer Geschichtsbücher mitschreiben. Es sind dunkle Zeiten.

Es ist wie nach der Toba-Katastrophe, wie nach dem Bronze Age Collapse, wie nach dem Fall Roms. Aber es ist auch ein neuer Anfang für die Menschheit, eine neue Epoche der *tabula rasa* , in der Neues entsteht und wir sind dabei. Findest du das nicht spannend?«

»Mein Gott, was für eine pathetische Scheiße. Man merkt, dass du zu viel Zeit in der Uni verbracht hast.«

»Im Gegensatz zu dir war ich zumindest studieren.«

»Wie kommst du darauf, dass ich nie studiert habe?«

»Also ... nun ... Ich dachte ...«, stammelte er.

»Weil du mich für dumm hältst? Fick dich. Stell dir vor, ich habe sogar einen Abschluss.«

»Woher sollte ich das wissen? Du erzählst nie von deinem Leben.«

»Nicht alle sind so mitteilungsbedürftige Heulsusen wie du.«

»Entschuldigung«, er hob die Hände. »Was hast du studiert?«

»Biochemie«, sagte sie.

»Das ist erstaunlich ... nützlich«, sagte er. »Das wird uns noch viel bringen.«

»Bezweifle ich. Ich habe in erster Linie eine Ausbildung zur Laborantin. Das einzige, was ich kann, ist Vorträge über Aminosäuren und die Zusammensetzung von Gallensteinen halten, in langweiligen Laboren rumstehen, Schimmel in Petrischalen beim wachsen zu sehen und pipettieren.« Sie machte eine ausholende Handbewegung. »Und siehst du hier irgendwo ein Labor?« Sie nahm eine der Bohnen und zerkaute sie.

»Nein. Eben. Worüber ich ziemlich froh bin, weil nüchtern waren weder Studium noch Job zu ertragen.« Er versuchte sich die Celine, die er in Lederjacke und Cocktails kippenden auf der Party getroffen hatte, im weißen Laborkittel und mit Schutzbrille vorzustellen. Unwillkürlich lachte er. »Nun, jetzt hast du quasi unbegrenzten Urlaub in einem fünf Sterne Bunker.«

»Höchstens vier. Für fünf Sterne ist das Essen hier zu beschissen«, sagte sie und verzog angewidert das Gesicht. »Was hast du studiert, dass sogar Oxford dich wollte?«

»Oh, ich bin Historiker«, sagte er stolz.

»Geschichte? Dein Ernst? Reicht es nicht an den ganzen Feiertagen mit unserer schmutzigen Vergangenheit konfrontiert zu werden? Ich könnte jedes Mal kotzen von dem Kitsch, den alle veranstalten.«

Er lachte. »Da bin ich ganz d'accord mit dir. Mein Fachgebiet ist daher auch die Geschichte der Archaik und die europäische Antike. Die guten alten Zeiten.«

»Okay, wow. Ich nehme zurück, was ich über die Langweile in Laboren gesagt habe. Im Vergleich dazu sind das Abenteuervergnügungsparks.«

Er rollte mit den Augen. »Nun, mein neues Fachgebiet wird die Chronik unserer Gegenwart sein und der Zukunft der Menschheit. Die ist zweifellos spannender.«

»Davon kannst du mich nicht überzeugen, vergiss es, nicht solange wir in diesem Loch hier feststecken.«

»Das hier ist ein Wendepunkt in der Geschichte der Menschheit. Historisch betrachtet ist das spannend.«

»Meine Güte, wie kann man so verkopft sein?«, sie verdrehte die Augen. »Wir sitzen in einem Betonsarg unter der Erde, mit beschissenem Konservenfrass, und der Rest der Menschheit macht wahrscheinlich entweder das gleiche oder liegt tot im Dreck. Und du nennst das spannend? Ich halte das einfach für das, was es ist: Die beschissenste Situation aller Zeiten. Aber wie du meinst ...«

Eine unbequeme Stille setzte ein. Celine leerte ihr Glas Wasser und verschränkte die Arme.

»Nun, es sind sicher nicht alle tot. Viele. Aber nicht alle und im Gegensatz zu den meisten, geht es uns beiden vermutlich wirklich sehr, sehr gut«, sagte Henry, bevor er sich eine Gabel Reis in den Mund schob.

»Glaubst du, in der Stadt hat jemand überlebt?«

Henry kaute langsam. »Keine Ahnung.«

»Ich vermisse die Sonne. Wann kann ich wieder nach draußen gehen?«

»Die Sonne ... Die Sonne?« Henry blinzelte.

»Ich habe diese Betondecke satt.«

Henry rieb sich das Gesicht. »In den Büchern finden sich sicher Informationen dazu. Ich werde nachsehen. Aber ich glaube in frühestens ein, zwei Wochen können wir mit Schutzkleidung für kurze Zeit raus.«

»Ein Spaziergang! Ich kann es kaum erwarten«, sagte sie und lächelte breit, dann stand sie auf. »Ich sehe mir einen Film an. Es gibt noch zwei oder drei, die übrig sind, bevor ich durch bin und mir eine andere Beschäftigung suchen muss.« Er starrte ihr hinterher, wie sie mit schwingenden Hüften davonstolzierte, und schüttelte den Kopf.

Leise murmelte er »Scheiße«.

IO

Die Nacht brach bereits an, als Scott mit dem Wagen vor der Ruine parkte, in der er Sarah zurückgelassen hatte. Zumindest glaubte er, dass es Nacht war, denn auch wenn er die Sonne hinter der schwarzen Wolkendecke nicht hatte untergehen sehen, versanken die Straßen in Finsternis und er konnte seinen eigenen Atem in kleinen Wölkchen aufsteigen sehen.

Mit einem Rucksack und Magen voll mit frischem Wasser und Essen, sprang er in die Asche, seinen Weg mit einer neuen Taschenlampe ausleuchtend.

Er fand Sarah auf dem Boden des Bades liegend. Sie blinzelte benommen in das Licht.

»Scott!«, rief sie, als sie ihn erkannte. »Ich hatte schon Angst, du kommst nicht mehr wieder ...« Sie versuchte sich auf dem Unterarm aufzustützen, aber ihre Muskeln gaben unter ihr nach.

»Vorsichtig, vorsichtig. Trink und iss erstmal.«

Er nahm ein paar Desinfektionstücher, und reinigte ihre Hände und ihr Gesicht behutsam, bevor er ihr eine Flasche Wasser und Essen gab.

Stumm löffelte sie zwei Dosen Thunfisch aus und verschlang kauend eine Packung Cracker.

»Das ist glaube ich das beste Essen, welches ich jemals gegessen habe«, sagte Sarah, während sie das Öl von ihren Lippen und Fingern leckte.

»Dabei magst du Thunfisch normalerweise gar nicht.«

»In der Not frisst der Teufel fliegen. Und in der Not, schmecken sogar die vorzüglich.«

Er sah ihr lächelnd zu. Als sie fertig war, reichte er ihr eine Handvoll Pillen und eine weitere Wasserflasche.

»Hier kommt der Nachtisch.«

»Was ist das?«

»Jod gegen die Strahlung. Ein Antibiotikum. Etwas gegen die Schmerzen. Ein paar Vitamine.«

»Wo hast du das alles her?«, fragte sie, die Pillen eine nach der nächsten schluckend.

Er schwieg. Dann setzte er ein schiefes, gequältes Lächeln auf und in seiner Stimme klang eine Traurigkeit mit, die sie zuvor noch nie bei ihm gehört hatte. »Glück Liebste, großes Glück. Ich habe auch einen funktionierenden Wagen, der uns von hier wegbringt. Kannst du gehen?«

Sie schüttelte den Kopf. »Es tut so weh ...«

Er hob sie schließlich hoch und trug sie zum Wagen, wo er sie auf den Beifahrersitz hievte. Er deckte sie mit einer Flauschdecke zu und setzte ihr eine Gasmaske auf, bevor er selbst eine anzog.

»Scott«, murmelte sie, während sie sich unter der Decke in den Beifahrersitz kuschelte. »Warum klebt Blut an der Wagentür?«

»Ich hasse es, dich anzulügen, das weißt du doch. Manche Fragen bleiben besser unbeantwortet«, sagte er, den Schlüssel umdrehend, sodass der Motor wieder ansprang.

»Hast du jemand getötet?«

»Nein.«

»Ausgeraubt? Du kannst doch nicht einfach jemanden ausrauben.«

»Ich wollte es nicht. Ich habe um Hilfe gebeten und er hat mit einem Revolver auf mich geschossen. Ich hatte keine andere Wahl, als ihn zu entwaffnen und den Wagen mitzunehmen, um mich und dich in Sicherheit zu bringen. Er hat überlebt und er wird versorgt.«

»Dann ... ist das wohl gut.«

»Versuch zu schlafen«, sagte er.

»Wohin fahren wir?«

»An die Küste. Es gibt dort so eine Villa, bei der ich vorletzten Sommer mitgebaut habe. Sie hatte einen pervers großen Bunker. Ich glaube, ich kann ihn wiederfinden.« Er trat aufs Gaspedal. »Und dann, Liebste, dann sind wir endlich in Sicherheit.«

II

Die folgenden Tage vergingen für Celine nicht viel anders als die Vorherigen. Sie schlief kaum, weinte manchmal in Trauer um ihre Freunde und Familie, rauchte zu viel, sah alte Filme. Das Einzige, was in ihr Begeisterung weckte, war der begehbare Kleiderschrank von Henrys Mutter, in dem sie Stunden verbrachte. Sie fand sogar runde, goldene Brillantohrringe in einer Schublade, die ihr gefielen und die sie fortan trug. Henry kommentierte das nicht, schlimmer noch, die Ohrringe schienen ihm nicht einmal aufzufallen.

Bei einem Abendessen wandte Celine ihren Kopf zur Seite, streckte ihren Hals, sodass der rechte Ohrring gut sichtbar vor seiner Nase funkelte. »Bohnen hängen mir zum Hals raus«, sagte sie und fuhr sich lächelnd mit der Hand durchs Haar, sodass der Brillant schön glitzernd baumelte. »Könntest du nicht einmal eine Dose Fleisch oder Fisch dazu tun?«

Henry sah sie mit seinen in den dunklen Höhen eingesunkenen Äuglein an. »Zum zehnten Mal. Ich bin Veganer. Wenn du Tier in deinem Essen haben willst, bediene dich gern im Lager.«

Er senkte seinen Blick wieder auf seine Schüssel und spießte Bohnen mit der Gabel auf.

Celine verharrte eine Weile mit ihrem Kopf im Profil. Ihr Lächeln gefror, und dann verzerrte es sich zu einem Zähneknirschen.

»Alles in Ordnung mit dir? Hast du keinen Hunger?«, fragte er.

»Doch«, fauchte sie und stand abrupt auf, sodass ihr Stuhl umkippte und auf dem Boden knallte. »Auf richtiges Essen, nicht diese Pampe. Aber dafür muss ich wohl ins verfickte Lager latschen.«

»Wenn dir mein Essen nicht schmeckt, dann koch doch selbst. Allgemein wäre es toll, wenn du mir ein bisschen im Haushalt helfen würdest, statt nur auf der Couch zu liegen«, rief er ihr hinterher, während sie davonstampfte. Kopfschüttelnd leerte er seine Schüssel und stellte sie in die Spüle, zu dem wachsenden Berg ungewaschenen Geschirrs. Ehe Celine aus dem Lager zurückkehrte, verkroch er sich in seinem Zimmer.

Zwischen den ausgeleierten Büchern zum Nuklearen Fallout - eine Mischung aus ausgeblichenen Hardcovern aus dem Kalten Krieg und schrillbunten Taschenbüchern und Ordnern mit Wikipedia-Ausdrucken - saß er dort bis tief in die Nacht und verzweifelte, während er mit seinem Mont Blanc Meisterstückfüller in einem Notizbuch die wichtigsten Erkenntnisse zusammenschrieb.

Mit jeder Seite, jedem Modell und jeder Prognose, die er durchging, wuchs die Kälte der Verzweiflung in ihm; sie fraß sich durch seine Ganglien und Lymphgefäße, lähmte ihn, bis er zitternd vor dem Papierberg saß, der hinter einem Tränenschleier verschwamm. Was er las, verfolgte ihn in bis in seine Träume. Stundenlang wälzte er sich über die Matratze und wimmerte im Halbschlaf.

Wann immer er in die Tiefen des Schlafes fiel, schlug er augenblicklich in einem Albtraum verödeter Schneelandschaften, Erbrochenem und Tumoren auf und fuhr mit Herzrasen aus den schweißgetränkten Laken.

Nach drei Uhr stemmte er sich mit verquollenen Augen aus seinem Bett und schlurfte durch das dunkle, nur von der kleinen, roten Notbeleuchtung in seinen Konturen erkennbare Wohnzimmer.

Vor Celines Tür schwankte er, lehnte sich mit der Stirn an das kalte Holz und klopfte.

»Ich hoffe für dich, dass es wichtig ist«, grummelte Celine. Er öffnete die Tür.

Im Glühen der Nachttischlampe war Celine nur ein Schemen mit abstehenden Haaren, eingewickelt in eine rosa Decke. Auf dem Boden lagen vor den offenen Schranktüren Kleider und Schuhe verstreut.

»Schläfst du schon?«, fragte Henry, dessen Augen immer wieder zufielen.

»Klar doch, ich bin quasi im Koma. Siehst du das nicht?«

»Kann ich bei dir schlafen?«

»Ich bin nicht in der Stimmung, für was auch immer du dir erhoffst.«

»Ich will nur nicht allein sein. Die Albträume ...«

»Die habe ich auch.«

»Bitte. Ich weiß, es ist lächerlich, aber ich habe Angst allein zu sein.«

Sie war froh, dass die Dunkelheit das das erleichterte Lächeln auf ihren Lippen verbarg, und schlug die Decke hoch.

»Ist das dir nicht peinlich? So zu mir ins Bett zu kriechen wie ein Kleinkind zu seiner Mami?«

»Du hältst mich doch sowieso für einen Loser«, sagte er und fiel neben ihr auf die Matratze. »Macht das da noch einen Unterschied?«

»Das ... So meinte ich das gar nicht.«

»Ist mir egal, wie du es meintest oder was für ausgefallene Beleidigungen du mir jetzt noch an den Kopf wirfst«, murmelte er und drehte sich mit dem Rücken zu ihr um, wobei sich ihre Beine berührten, sodass sie die Körperwärme des jeweils anderen spüren konnten. »Ich will einfach nur nicht allein sein, selbst wenn es ... mit dir ... sein muss. Das alles macht mich so fertig.«

Sie seufzte und schaltete das Licht aus, sodass nur noch das leichte Schimmern der Nachtbeleuchtung aus dem Wohnzimmer als eine Linie unter der Tür in der Dunkelheit glomm.

Nach einer Weile legte sie einen Arm um seine Schulter und kuschelte sich an seinen warmen Rücken. »Danke, dass du mir das Leben gerettet hast.«

Seine Antwort war ein leises, gleichmäßiges Schnarchen.

12

Die Suche nach dem Bunker verlief nicht so leicht, wie Scott es erwartet hatte. Autowracks, umgestürzte Bäume und Leichen verstopften die Straßen. Der Gestank von verwesendem Fleisch brachte ihn beinahe zum erbrechen, wann immer er die Filter an seiner Maske wechselte oder sie zum Essen abnahm. Immer wieder stieg er aus dem Wagen, um Hindernisse aus dem Weg zu schieben, wobei er jedes Mal die Gegend mit einem Fernglas auskundschaftete, das Gewehr entsichert. In der Ferne peitschten immer wieder mal Schüsse. Einmal sah er am Horizont eine Kolonne von vier Panzern und einigen Lastwagen vorbeiziehen, aber sie fuhr von ihnen weg, landeinwärts. Ein anderes Mal glaubte er eine Staffel Kampfdrohnen unter den Wolken entlang zischen zu sehen, aber es könnte auch ein Vogelschwarm gewesen sein. Er war sich dennoch sicher, dass es Drohnen sein müssten, denn er konnte sich nicht vorstellen, dass außer ein paar Menschen in Kellern und dem Militär in der Gegend noch irgendetwas überlebt hatte.

Die große Ironie von Atomkriegen war es, dachte Scott, während er sich an seine Zeit an der Militärakademie erinnerte, dass das Militär, welches dazu da war die Bürger – oder zumindest die Staatsoberhäupter – eines

Landes zu verteidigen, oft das einzige war, was wirklich überlebte. Natürlich traf es zuerst das Militär. In einem nuklearen Konflikt traf es zuerst die Flugzeugträger, die Flughäfen, die Silos, die gesamte militärische Infrastruktur mit dem Ziel, Gegenschläge zu verhindern. Und natürlich traf es fast augenblicklich die Hauptstädte – oder wo auch immer das Hauptkommando lag, wo auch immer der Präsident mit seinem Atomkoffer gerade saß. Das Ziel war es theoretisch, so schnell wie möglich das Kommando der anderen Seite auszuschalten, damit es keine Vergeltungsschläge mehr ausüben konnte. Doch praktisch verfügte fast jede Atommacht mittlerweile über einen Dead-Man's-Switch - einen Computer in irgendeinem geheimen Bunker, der sobald die Verbindung zur Hauptstadt abriss und an ihrer einstigen Stelle radioaktive Strahlung gemessen wurde, das gesamte nukleare Arsenal freigab, um das gegnerische Land bis auf das letzte Dorf einzuäschern. Sobald die erste Hauptstadt von einer Atombombe getroffen wurde, war die Kettenreaktion damit nicht mehr aufzuhalten. Innerhalb weniger Minuten regnete das gesamte aktive nukleare Waffenarsenal der Welt auf die Menschheit nieder – was weitaus weniger Atombomben waren, als die meisten dachten.

Die meisten Nuklearwaffen staubten schon lange mit zweifelhafter Einsatzfähigkeit in irgendwelchen Lagern rum. Die Zündladungen wurden aus Kostengründen seltener erneuert, als es eigentlich notwendig wäre – aber es waren genug aktive, um quasi alle zu töten. Abgesehen von den wenigen Militärs, die in ihren U-Booten und geheimen Bunkern saßen und von dort aus Vergeltungsschläge für ihre gefallenen Staaten ausführten.

Aber hier an der Oberfläche, auf der Fläche des verwüsteten Landes, in welchem einst die Zivilisten lebten?

Abgesehen von Ratten und Würmern, schienen alle Lebewesen verschwunden. Der Hauch des Todes lag über allem und er schien immer stärker auch sie beide zu ergreifen. Obwohl sie genug zu essen und trinken hatten, fühlte er sich mit jedem Tag schwächer. Sein Rücken schmerzte vom Schlafen im Sitzen und auf kalten Böden. Sarah verfiel vor seinen Augen. Ihr Bein war zwar abgeschwollen und die offenen Wunden begannen zu verheilen, aber ihre Zehen waren mittlerweile schwarz und die Haut schälte sich in großen Stücken von der blaugrünen Sohle und Wade.

Nachts suchten Sarah und Scott Schutz in Kellern der Häuserruinen. Manche Keller waren von innen verriegelt. Wenn er an ihren Türen rüttelte, hörte er manchmal dumpf und unverständlich Stimmen dahinter, aber sonst nur Grabesstille. Wenn sie offen standen, fanden sie aber immer wieder Nützliches: Werkzeuge, einige Dosen Nahrung, die sie mit einem Gaskocher heiß machen konnten. Einmal fand er sogar ein Funkgerät, aber zu seiner Frustration war es hinüber; zu gern hätte er nach Nachrichten der Regierung zu Evakuierungsrouten oder Militärischen Kommandos gelauscht, aber so blieb ihnen nichts als weiter den Bunker zu suchen.

In einem Keller fanden sie dafür sogar Wassertonnen, groß genug, um sich darin mit einem Stück Seife endlich nach all den Tagen wieder zu baden und die Reste des Kanalisationsgestanks von Haut und Haaren zu waschen, bevor sie in frische Kleidung wechselten, die sie ebenfalls in einem Keller gefunden hatten. Sie passte nicht ganz und hatte ein paar Mottenlöcher, aber sie brauchten jeden Fetzen Stoff, den sie tragen konnten, denn mit jedem Tag wurde es kälter.

Morgens lag Frost auf den Straßen. Kleine Dampfwolken stiegen aus ihren Mündern auf, als sie ihre Gasmasken für das Frühstück absetzten.

Sie befanden sich mittlerweile wieder in einer Gegend, in der von Häusern gerade einmal Grundrisse und paar ausgebrannte Keller übrig waren.

Die meisten Gebäude waren eingestürzt, sodass sie die Nacht in den Sitzen des Wagens verbracht hatten.

»Ist es nicht Sommer? Warum ist es so verdammt kalt?«, fragte Sarah, mit einer Tasse dampfender Tütensuppe zwischen den rotglühenden Fingern.

»Es wird noch kälter, befürchte ich«, sagte er und sah zu den schwarzen Wolken auf. »Der nukleare Winter kommt. Bevor er beginnt, müssen wir den Bunker finden und das werden wir.«

»Glaubst du das wirklich?« Sie sah ihn aus müden Augen an.

»Ja.« Er starrte die Straße hinab, an deren Ende das Meer sich erstreckte, eine schwarze, endlose Weite, davor nur karge Steinklippen und schimmernde Glasformationen, wo einst Sand gewesen war. »Er war hier in der Nähe, unter so einer Strandvilla. Das einzige Problem ist, dass vom Strand wenig übrig ist und ich in dieser Gegend zu selten war, um sie jetzt noch wiederzuerkennen. Aber ich werde ihn finden ...«

In diesem Augenblick überkam Scott eine überwältigende Übelkeit, als hätte ihn jemand einen Haken in die Magengrube gerammt. Er riss panisch die Maske vom Gesicht, beugte sich vorüber und erbrach einen Schwall Säure, die sich dampfend auf den Boden verteilte, Ascheflocken aufwirbelnd.

»Geht es dir gut?«

Scott sank auf die Knie und erbrach sich erneut. Schwer atmend umklammerte er seine Magen und seine Brust. Sarah stand schwankend auf, in ihrem eigenen Kopf und Magen drehte sich dabei alles, und humpelte zu ihrem Mann, um ihm eine Wasserflasche zu reichen.

»Danke«, keuchte er und trank die halbe Flasche aus.

»Was ist los? Bist du krank?«

»Ich glaube, ich habe mir einfach den Magen mit etwas verdorben. Vielleicht irgendein Parasit. Irgendetwas in der Kanalisation. Ich hoffe es zumindest ... ich hoffe, dass es noch nicht Strahlenkrankheit ist.« Er zuckte mit den Schultern und tat unbekümmert, auch wenn Sarah sehen konnte, dass er am ganzen Körper zitterte. »Wenn wir im Bunker sind, finden wir sicher dort Medikamente, um auch das auszukurieren.«

»Scott ...«, sie legte eine Hand auf seine Schulter, aber er schüttelte sie ab und stemmte sich in die Höhe, seine Maske wieder anziehend.

»Wir müssen weiter. Diese Gegend war näher am Zentrum einer Detonation. Die Strahlung muss hier höher sein. Wenn wir hier zu lange bleiben, wird es wirklich Strahlenkrankheit. Wir haben zu wenig Zeit.« Er lud ihre Sachen ein und half Sarah auf den Beifahrersitz. Dann fuhren sie weiter, hinab von der Straße und auf die unheimliche Glaslandschaft, die einst der Strand gewesen war.

Der Sand war zu einem Glasgebilde geschmolzen, das in der Farbe verwesten Fleisches glänzte. Mit jedem Meter schüttelte es den Wagen und knirschte unter ihnen, als würden sie über Scherben fahren.

»Scott.«

»Ja ...?«, fragte er. Seine Knöchel liefen weiß an, so fest umklammerte er das Lenkrad, aber er trat unbeirrt aufs Gaspedal, seine Augen auf die verkohlten Trümmer zwischen dem Trinitit aus geschmolzenem Sand gerichtet. Irgendwo zwischen ihnen musste der Eingang zum Bunker sein.

»Es fühlt sich nicht gut an hier zu fahren.«

»Wir haben zu wenig Zeit und Sprit, kurz keine Wahl«, brüllte er, als es den Wagen wieder durchschüttelte.

»Dann fahr zumindest langsamer! Du ...« Es gab einen lauten Knall und der Wagen sackt nach vorne ab und geriet ins Schlittern. Scott trat auf die Bremse. Ein Ruck ging durch den Wagen. Sie wurden in ihre Sicherheitsgurte gedrückt und wieder in die Sitze geschleudert.

»Da hast du es, du Dickschädel«, sagte Sarah, aber Scott war bereits herausgesprungen und umrundete den Wagen.

»Verflucht ... Verflucht.«

»Wir haben einen Platten?«

»Wir haben einen Platten.«

»Ich habe es dir gesagt.«

»Ja, ja, ja ...« Er trat gegen die Wagentür.

»Ist das da vorne ein Schiff?«, fragte sie plötzlich.

Scott blieb wie angewurzelt stehen und warf seinen Kopf um zum Meer, aber auf den dunklen Wellen war nichts als Schaum. »Wo?«

»Da vorne. Gestrandet. Ich glaube, es sind sogar mehrere«, sie deutete durch die Windschutzscheibe nach vorne. Scott folgte ihrem Finger mit dem Blick. Tatsächlich. Einige Kilometer vor ihnen schienen schwarze, längliche Boote auf dem Strand zu liegen. Aber sie sahen mehr aus wie U-Boote. Und wo U-Boote waren, da waren Atomwaffen und Soldaten nicht weit. Und je nach Flagge, konnte das ihren Tod oder ihre Rettung bedeuten. Scott riss die Fahrertür auf und schnappte sich das Fernglas. Er kniff die Augen zusammen und stellte es scharf.

»Das ...«, flüsterte er und seine Hände sanken wieder hinab. »Sind keine Boote.«

»Was dann?«

»Wale. Mindestens ein Dutzend gestrandeter Wale.«

»Oh mein Gott.«

»Nun wir können nichts tun ...« Er warf sein Fernglas auf den Beifahrersitz und nahm das Gewehr vom Armaturenbrett. »Ich gehe zu Fuß weiter und durchsuche die Ruinen und Trümmer hier. Irgendwo zwischen ihnen muss der Eingang zum Bunker sein.«

»Lässt du mich wieder allein zurück?«

»Habe ich eine Wahl?«

Sie schüttelte den Kopf. »Beeil dich. Ich halte diese Schmerzen nicht mehr lange aus.«

»Hast du deine Tabletten schon genommen?«

»Ja, aber sie wirken kaum noch.«

Scott seufzte und warf das Fernglas aufs Armaturenbrett. »Nicht mehr lange, Liebste, dann wird alles gut.« Er beugte sich vor, zog zuerst seine, dann vorsichtig ihre Gasmaske herunter. Er küsste sie lang und innig, wobei er ihre Hitze und den Schweiß spürte. Das Fieber war zurück. »Bis später.«

»Scott?«

»Ja?«

»Ich liebe dich, Scott, und wenn das unsere letzten Tage sind, dann ... vielleicht sollten wir ... ich weiß nicht, es macht vielleicht keinen Sinn mehr …«

»Es sind nicht unsere letzten Tage«, fuhr er wütend auf. »Wir hatten noch so viel vor. Die Rechnungen abbezahlen … Noch einmal versuchen ein Kind zu kriegen. Zusammen alt werden … Erinnerst du dich?« Tränen stiegen in seinen Augenwinkeln auf. »Wir sind noch jung. Wir sind nicht einmal dreißig, verfluchter Mist, auch wenn wir in den letzten Jahren so abgebrannt sind, dass wir uns manchmal schon wie Rentner fühlten. Wir haben noch so viel vor uns. Du hast noch so viel vor dir. Du wolltest doch irgendwann dein Studium noch mal neu anfangen und abschließen, erinnerst du dich nicht?«

»Ja, Scott ... Aber das war bevor die Bomben fielen ...«

»Nein. Ich werde uns, ich werde dich nicht aufgeben. Du hast was Besseres verdient. Du hast was Besseres verdient, als in dieser Wüste hier zu sterben. Du hast etwas Besseres verdient, als einen Mann, der nur säuft und Schulden hat, das ist mir klar geworden, als ich in dieser dunklen Kloake saß und ausnüchterte ... Du hast ... « Er verstummte, weil er sah, dass sie nun auch anfing zu weinen. Dann atmete er tief durch. »Wie auch immer. Das hier ist nicht das Ende. Das ist ein neuer Anfang. Wir müssen uns keine Sorgen machen mehr um Rechnungen und das wird ... das wird ... das wird ... ein Neuanfang«, er stammelte und schüttelte den Kopf. »Nur noch besser. Vertraue darauf. Ich werde Hilfe für dich finden und wir werden uns irgendwie ein neues Leben aufbauen.«

»Scott ...«

»Vertrau mir einfach und gib nicht auf. Wir haben nicht die letzten Jahre so hart gekämpft, um jetzt aufzugeben.«

»Ich vertraue dir«, sagte sie und küsste ihn.

»Ich liebe dich, Sarah.«

Dann wandte er sich ab und marschierte mit schnellen Schritten durch die knirschende Glaslandschaft auf die schwarzen Trümmer zu, die einst die Strandvillen gewesen waren.

Er durchsuchte den Strand stundenlang, kletterte über die Betonplatten und Stahlstreben, die einst die Fundamente der Villen gewesen waren. Er war sich nicht sicher, welche die war, bei der er an dem Bunker gebaut hatte. Er wusste nur noch, dass der Eigentümer ein schrulliger, großer, hagerer Kauz mit weißen Haaren namens Florian Sullivan war, der die ganze Zeit mit dem leitenden Bauingenieur über Gott und Jesus gefaselt hatte, während Scott und die anderen Arbeiter in der prallen Sonne Stahlbetonteile in der dutzende Meter tiefen Baugrube versenkten. Es war aber schon eine Weile her, einer seiner ersten Jobs nach dem Austritt aus der Armee, und die Stege am Strand und die Bäume aus seiner Erinnerung waren verschwunden.

So blieb ihm nichts als jeden einzelnen Trümmerhaufen zu durchwühlen, manchmal sogar mit den Händen zu graben, um sicherzugehen, dass er keinen verschütteten Eingang übersah.

Die Stunden vergingen, frustriert trat er gegen Steine und fluchte. Beim Einbruch der Nacht kehrte er niedergeschlagen zurück zum Wagen, neben dem bereits ein orangenes Licht flackerte. Dort fand er Sarah, die neben den Rädern auf dem Boden lag, regungslos zusammengerollt in einem Schlafsack, neben ihr der brennende Gaskocher.

»Sarah? Sarah!« Scott Herz machte einen Sprung. Er rannte zu ihr und schüttelte sie.

»Ich bin ...«, murmelte sie und nun sah er, dass sie in einer Hand eine ungeöffnete Dose hielt. » ... nur ganz kurz ... eingenickt. Ich wollte Abendessen für dich machen.«

Scott drehte den Gaskocher ab, zog ihr die Gasmaske aus und befühlte ihre Stirn. Sie war heiß und nass vom Schweiß. Er zog den Reißverschluss des Schlafsacks auf und dann öffnete er den Gürtel ihrer Hose und begann sie ihr auszuziehen.

»Scotty ... Ich bin gerade nicht in der Stimmung für Liebe machen ... Was wenn meine Eltern reinkommen?«

»Vor den Schwiegereltern habe ich schon lange keine Angst mehr.«

Scott zog Sarahs Hose von ihrem Bein und was er sah, ließ ihn schlucken.

Sarahs komplettes linkes Bein war wieder rot angeschwollen, knapp unter dem Knie violett und der Fuß mittlerweile komplett schwarz, die Haut schälte sich ab und gelber Schleim quoll hervor. »Das hingegen macht mir Angst.«

»Es ging mir schon besser ... Vielleicht ... muss ich mehr Suppe trinken und Antibiotika ... essen ...«

»Ich wünschte.« Er schüttelte den Kopf, wobei eine Träne unter der Gasmaske seine Wange herunterlief. »Das kann nicht so weiter gehen. Du stirbst sonst. Die Entzündungen und Nekrosen dürfen sich nicht weiter ausbreiten ... Es ist ein Wunder, dass du noch keine schwere Sepsis hast ... Das ... Bleib hier liegen.«

Scott ging zur Ladefläche und kam mit dem Erste-Hilfe-Koffer und der Kiste mit den Medikamenten zurück. Er breitete alles auf der Decke neben ihr aus. Seine Hände waren zu seiner eigenen Überraschung ruhig, bewegten sich geschmeidig und erbarmungslos, auch wenn seine ganze Seele vor Schmerz schrie.

»Was machst du?«, fragte Sarah benommen und versuchte sich aufzurichten, aber sackte wieder zusammen.

»Ich kümmere mich darum, so gut ich kann. Etwas Notfallmedizin gab es zum Glück in der Grundausbildung«, er krempelte ihren rechten Ärmel hoch und band ihr einen Stauschlauch um.

»Ich hatte eigentlich gehofft, dass wir rechtzeitig den Bunker finden und dich dort medizinisch versorgen können, aber diese Zeit haben wir nicht mehr. Wenn ich nicht sofort etwas tue, kann es sein, dass du morgen nicht mehr aufwachst.« Seine Stimme bebte, während er gleichzeitig ruhig die Venen in ihrer Armbeuge befühlte und mit Desinfektionsmittel besprühte.

»Scott ... Ich habe Angst.«

»Du musst keine Angst haben«, sagte er und breitete auf der Decke Verbände aus und schälte eine Spritze aus ihrer Packung. »Ich bin bei dir, meine Liebste.«

»Das weiß ich ... du bist immer da ... aber ... was, wenn die Armee dich ins Ausland schickt und die Rechnungen nicht bezahlt?«

Er zog die Spritze mit einer klaren Flüssigkeit aus einem Fläschchen auf und beugte sich dann zu ihr vor. »Vertrau mir und halte still. Das pikst nur ganz kurz.« Er sah sie an. Er lächelte, aber in seinen Augen funkelte eine Traurigkeit so endlos wie die dunklen Weiten des Meeres. Sie versuchte zurückzulächeln, aber sie spürte, dass es ihr nicht gelang - und dann ein Stechen in ihrem Unterarm. »Du wirst dich gleich ganz müde fühlen und mit etwas Glück einschlafen.«

Schlagartig breitete sich eine kribbelnde Wärme durch ihren ganzen Körper aus, ein sanftes Gefühl der Geborgenheit und Sorglosigkeit.

Die Wärme zog sie in die watteweiche Umarmung einer bleischweren Schläfrigkeit. »Scott, was ... ist das?«, fragte sie gähnend, während er die Spritze bereits wegwarf. Er zog seinen Gürtel aus und zog ihn fest um ihr Bein.

»Morphium«, hallte seine Stimme wie aus großer Ferne. Er verschwamm zu einem Schemen, der nun wieder aufstand und eine im dunklen Licht glänzende Säge von der Ladefläche zog. »Die Nekrose ist zu weit fortgeschritten. Es tut mir wirklich leid, aber ... Wir ... Ich kann nicht zulassen, dass daraus eine Sepsis wird. Das Bein muss weg ... aber ich verspreche dir, dass das ganz schnell gehen wird ...«

13

Henry trieb durch eine traumlose Finsternis bis das Licht der von den Zeitschaltuhren hochgefahrenen, immer greller leuchtende Tageslichtlampe an der Decke durch seine Augenlider schimmerte.

Er streckte sich benommen. Da bemerkte er den warmen, um seine Taille geschlungenen Arm. Er blinzelte und erinnerte sich wieder, wo er war. Celine lag neben ihm und schnarchte. Vorsichtig nahm er sie am Handgelenk und befreite sich aus ihrer Umklammerung. Er schlug die Decke weg und schwang seine Beine aus dem Bett. Seine Zehen landeten auf der weichen Seide eines Kleides.

»Celine ... Du musst hier dringend mal aufräumen.«

»Nur noch zehn Minuten.«

Er schüttelte den Kopf und grinste, da entdeckte er einen roten Streifen Blut auf der Matratze.

»Celine?« Er drehte sich um und stupste Celine mit dem Finger an der Schulter an.

»Was ...?« Ihre Lippen bewegten sich kaum und ihre Augen blieben fest verschlossen.

»Geht es dir gut?«

Sie nickte.

»Da ist Blut.«

»Blut?« Sie öffnete die Augen und stützte sich auf. »Mach mir doch keinen Stress am Morgen. Ich habe halt meine Tage. Sei so nett und hol mir einen Tampon, ja?« Mit diesen Worten drehte sie sich wieder um und schlief wieder ein. Sie glitt zurück ins Land der Träume und war kurz davor wieder in den Tiefschlaf zu fallen, als neben ihr eine Stimme sie wieder weckte.

»Celine? Celine? Cici?«

»Hmmhm?«

»Ich habe überall im Lager, in diesem Zimmer, in den Bädern, einfach überall gesucht. Wir haben keine Tampons.«

»Eine Tasse oder Binden werde es auch tun ...«

»Wir haben keine Menstruationsprodukte. Nicht einmal Slipeinlagen.«

Celine stemmte sich auf und rieb sich gähnend den Schlafsand aus ihren Augen. »Weißt du überhaupt, wie diese Dinge aussehen?«

»Natürlich. Ich habe jahrelang mit meiner Ex zusammengewohnt.«

»Was ist das für ein patriarchales Loch? Wie kann das sein, dass das hier fehlt? Wir haben hier doch sonst fast alles, außer gutem Essen. Sogar fucking Goldbarren, die absolut nutzlos sind.«

Henry zuckte verlegen mit der Schulter. »Ich befürchte mein Vater war ein alter, weißer Mann und meine

Mutter schon in der Menopause? Der hat nicht daran gedacht.«

»Schöne Scheiße. Dieser angebliche vier Sterne Bunker bekommt für seine frauenfeindliche Diskriminierung einen weiteren Stern abgezogen«, sagte sie und streckte sich.

»Was machen wir jetzt?«

»Hmmmmm ...« Sie hob ihre Augenbrauen und bauschte mit beiden Händen ihre kastanienfarbenen Haare auf, wobei sie auf eine unschuldige Art und Weise sogar ganz süß aussah, wie Henry fand. »Das ist natürlich schlecht, aber ... Hmmm... Wir haben doch einen Schwamm in der Küche?«

»Einen Schwamm?«, er starrte sie fassungslos an.

»Ja, so einen Schwamm wie diesen verfickten kleinen Spongebob Schwammkopf, den wir für den Abwasch verwenden. Hol mir so einen frischen aus dem Lager, ich schneide mir daraus etwas zurecht, koch ihn ab. Wird schon funktionieren.«

Henry blinzelte, dann nickte er »Bin schon unterwegs«, und rannte davon. Sie sah ihm lächelnd hinterher.

Als er ihr den Schwamm brachte, schenkte sie ihm einen Kuss auf die Wange und hauchte ein »Dankeschön« in sein errötetes Ohr.

Später beim Mittagessen waren die gute Laune und die Zärtlichkeit, die zwischen den beiden den Vormittag beherrscht hatten, wieder verschwunden. Celine kaute langsam auf ihrem Reis mit Dosenthunfisch und starrte an Henry vorbei an die Wand.

»Über was denkst du nach?«, fragte er.

»Es ist nichts.«

»Sicher?« Er hatte bereits fertiggegessen und rauchte seine Verdauungszigarette.

»Ich ...« Sie sah ihn an und fächelte sich mit der Hand den Rauch aus dem Gesicht. »Ich will einfach hier raus. Ich will endlich raus. Ich halte das nicht mehr aus.«

»Wie ich dir bereits erklärt habe, können wir in ein paar Tagen ...«

»Einen Scheiß. Das sagst du jedes Mal, aber jetzt sind bald zwei Wochen vorbei. Ich habe selbst mal eins dieser Bücher aufgeschlagen. Nach drei Tagen ist es sicher genug, um für kurze Zeit hochzugehen. Nach zwei Wochen kann man problemlos für Stunden raus. Also hör auf mich zu verarschen.«

»Ich verarsch dich nicht«, er hob die Hände und drückte die Zigarette in der leeren Thunfischdose aus. »Durch die Strahlung ist die Oberfläche für Jahre verseucht. Und klar, theoretisch kann man nach einer Bombe nach nur drei Tagen auf die Oberfläche, weil dann die schlimmsten Isotope zerfallen sind. Aber auf diesem Planeten sind tausende Atombomben hochgegangen. Einige könnten mit Kobalt ummantelt gewesen sein, dann wird die Strahlung noch in ...«

»Du bist so ein Feigling«, sie verschränkte die Arme.

»Ich gehe halt auf Nummer sicher.«

»Auf Nummer sicher, dass wir vor Langeweile sterben, oder? Bist du nicht neugierig, wie die Welt gerade aussieht? Fünf Minuten den Kopf aus der Tür zu stecken würde dich nicht umbringen.«

»Es ist halt so, mit jedem Tag, den wir länger nicht nach oben gehen, reduzieren wir unser Risiko für Strahlungskrankheit, Krebs und Sterilität ...«

»Mit jedem Tag, den wir hier länger hier unten bleiben, erhöhen wir die Wahrscheinlichkeit für häusliche Gewalt, weil ich dir gleich eine reinhaue«, sie führte ihren Daumen und Zeigefinger zusammen, sodass sie nur noch eine Haarbreite auseinander waren. »Ich bin so kurz davor.«

»Okay, okay ... Ich habe es verstanden.«

»Gut. Dann gehen wir jetzt hoch?« Sie lehnte sich vor und sah ihn forsch an.

»Morgen früh? Ich muss die Schutzanzüge vorbereiten und die Bedienungsanleitungen von den Geigerzählern durchlesen und ...«

»Morgen früh nach dem Frühstück gehen wir an die Oberfläche. Versprochen?« Sie starrte ihn eindringlich an.

»Versprochen« Er seufzte und zog die Zigarettenschachtel aus der Hosentasche. Sie stand auf.

»Wohin gehst du? Du hast noch nicht aufgegessen.«

»Mir ist übel und ich muss noch mein Zimmer aufräumen.«

»Willst du nicht zumindest noch eine Zigarette?«, fragte er und hielt eine hoch.

»Immer doch«, sagte sie, schnappte sich eine und wehte zu ihrem Schlafzimmer davon. Oder war es nun ihr Gemeinsames? Schwierig zu sagen.

Er zuckte mit der Schulter und zündete sich eine Kippe an, dann stand er auf, um zum *Werkzeugraum* zu gehen und die Geigerzähler zu inspizieren.

Am Abend hatte sich die Stimmung zwischen ihnen entspannt. Sie sahen sich zusammen einen Film an, putzten im Bad die Zähne und diesmal gingen sie danach in stillschweigender Übereinkunft direkt in ihr Bett. Das Zimmer war nun aufgeräumt. Sie hatte ein weißes Seidenpyjama angezogen und ihm ein eigenes Kissen und eine eigene Decke bereitgelegt.

»Womit habe ich das verdient?«, fragte er, nachdem er unter die Decke geschlüpft war.

»Du bist manchmal ganz nett, oder zumindest gibst du dir Mühe«, sagte sie und legte eine Hand auf seine Brust, während sich mit ihren eigenen Brüsten an seine Schulter kuschelte. »und manchmal mag ich dich deswegen sogar. Ein wenig zumindest.«

»Ich wünschte, ich könnte das Gleiche behaupten.«

»Magst du mich etwa nicht?«

»Das schon. Mit jedem Tag sogar ein kleines Bisschen mehr. Aber leider bist du trotzdem nicht einmal manchmal nett zu mir.«

»Oh, du Armer«, sagte sie sarkastisch und streichelte ihm durch seine blonden, struppigen Haare. »Da schleppst du ein hübsches Fräulein ab und rettest sie ganz ritterlich vor dem Weltuntergang in deinen Drei-Sterne-Bunker, aber dann stellt sich heraus, dass sie kein pflegeleichtes Prinzesschen ist. Wie tragisch!«

»Ich erinnere dich daran, wenn du das nächste Mal Disneyprinzessin spielst.«

»Wirst du mir hier noch frech?«

»Heute nicht mehr. Morgen wird ein anstrengender Tag. Wir werden eine Menge Treppenstufen steigen müssen, mindestens.«

»Keine Sorge alter Mann, sicherlich findet sich im Lager ein passender Gehstock für dich.«

»Ich hatte eigentlich gehofft, dass mir da ein gewisses Fräulein zur Hand geht.«

»Träum weiter.«

»Das werde ich jetzt.« Seine Brust zitterte leicht, als er sich vorbeugte. Er küsste sie auf die Stirn. Ihre Wangen erröteten. »Schlaf gut.« Dann löschte er das Licht.

»Gute Nacht«, hauchte Celine in sein Ohr und dann spürte er ihre Lippen an seinem Hals einen zarten Kuss hinterlassen. »Träum was Schönes.« Und das tat er, auch wenn es sehr lange dauern sollte, bis er tatsächlich einschlafen konnte.

14

Nach dem Frühstück half Henry Celine in einen der ABC-Schutzanzüge zu steigen: große, gelbe Overalls wie aus einem Pandemie-Film, mit einem großen Helm mit Sichtscheibe, Stirnlampe und einer Gasmaske darunter. »Ist das wirklich notwendig?«, fragte sie, während er an ihrem Rücken die Verschlüsse prüfte. Ihre Stimme hallte gedämpft durch die Filtersysteme.

»Wir haben noch Bleiwesten im Lager gegen Gamma-Strahlung, wenn du willst. Der einzige Grund, warum ich sie dalasse, ist, dass die Dinger unerträglich schwer sind und wir eh nur kurz rausgehen werden. Das Wichtigste ist, dass kein Staub, keine Asche oder sonst was an deine Haut gelangt, ganz zu schweigen in deine Lunge, denn das wird alles radioaktiv sein. Wenn es einmal in deinem Körper ist, wird es dich über kurz oder lang töten.« Er zog die Verschlüsse an ihren Gummischuhen nach, dann stand er auf. »So. Hilfst du mir jetzt?«

»Dich anzuziehen? Nur zu gern, auch wenn ich bisher erst mit dem Gegenteil Erfahrung habe.«

Nachdem auch er in seinem Schutzanzug dastand und dreimal jeden Verschluss und jeden Filter an der Maske überprüft hatte, ging er in den Werkzeugraum, um einen Geigerzähler vom Regal zu nehmen.

»Damit wären wir fertig«, sagte er.

»Wir sollten Waffen mitnehmen«, sagte Celine und deutete auf die Gewehre und Pistolen an der Wand.

»Wozu? Kannst du etwa schießen?«

»Natürlich, mein Großvater war Jäger. Ich habe ihn als Kind immer begleitet. Erzähl mir jetzt nicht, du kannst nicht schießen bei dem Arsenal, das deine Familie hier angehäuft hat?«

»Wozu sollte ich? Ich habe nur einmal mit Vorderladern geschossen für eine Hausarbeit über die napoleonischen Kriege in meinen dritten Bachelorsemester.«

Sie verdrehte die Augen. »Da hat man eine Waffenkammer, aber kann damit nicht umgehen. Was kannst du eigentlich?«

»Ich verstehe nicht, wozu wir Waffen brauchen. Wenn da oben die chinesische Volksbefreiungsarmee rumläuft, dann machen wir uns damit höchstens zur Zielscheibe.«

»Was dort oben am Ehesten rumläuft, sind Plünderer. Hast du nie eine postapokalyptische Serie gesehen? Oder einen Film? Mad Max? Oder Metro 2033 gespielt?« Sie rüttelte am Gitter.

»Im Gegensatz zu dir, verschwende ich meine Lebenszeit halt nicht mit unrealistischen Filmen ...«

»Sondern mit krankhafter Masturbation über Geschichtsbüchern voller toter alter, weißer Männer. Ja, ja, ich weiß. Wie geht der Mist hier auf?«

»Die sind mit einem Code gesichert.«

Sie sah ihn erwartungsvoll an.

»24,12«

»Ein Weihnachtsgeschenk?«, fragte sie, die Zahlen eintippend, woraufhin ein Riegel aufsprang und das Gitter mit einem elektronischen Summen in die Decke fuhr.

»Eher ein Tick meines Vaters.«

»Auf jeden Fall hatte er auch einen guten Zugang zu Sondergenehmigungen für Kriegswaffen. Sonst kommt man heutzutage und hierzulande nicht einmal in die Nähe solcher schönen Kriss Vectors«, sagte Celine und nahm zwei schwarze Maschinenpistolen von der Wand – monströse, windschnittartig geformte Geräte, jeweils größer als ihr eigener Torso, mit Holovisieren und Cola-Dosen großen Schalldämpfern. Sie steckte volle Magazine rein, lud sie durch und drückte eine Henry in die Hand. Überrascht von dem schweren Gewicht stolperte er einen Schritt zurück, bevor er sich die Waffe mit dem Schultergurt umhängte.

»Niemals den Lauf auf etwas richten, was du nicht erschießen willst.«

Sie hob mahnend den Zeigefinger und sah ihn ernst an.

»Also immer zu Boden und weg von mir zielen. Wenn du schießen willst: hier ist die Sicherung, und dann drückst kurz und sanft auf dem Abzug und lässt ihn los. Kurze Feuerstöße. Durchdrücken funktioniert außerhalb von Filmstudios nicht.«

»Ich werde dran denken. Gehen wir?«

»Aber Hallo. Ich kann es kaum erwarten«, sagte sie und marschierte voran.

Die Stahltür beim Eingang aufzustemmen war schwerer, als Henry es erwartet hatte. Sie wog mindestens einen Zentner und er konnte sich nur mit dem Adrenalin der Panik erklären, dass er sie bei ihrem Abstieg scheinbar mühelos zugeworfen hatte.

Auch sonst hatte der Aufstieg etwas Beklemmendes. Sie stiegen hundert, zweihundert Stufen hinauf durch die Finsternis. Ihr Atmen zischte schwerfällig durch die Filter der Gasmasken. Schweiß floss ihre Waden und Arme hinab. Der Kunststoff der Overalls klebte ihnen bald an den Gliedmaßen und am Hals. Das Licht des Flurs verschwand als leuchtendes Viereck hinter ihnen. Im runden Schein der Taschenlampen vor ihnen waren nur Stufen und Asche. Henry starrte aber vor allem auf den Geigerzähler in seinen Händen, in dem es knackte und piepte.

Die Messwerte auf dem Bildschirm stiegen mit jedem Meter, dem sie sich der Oberfläche näherten.

»Dieser Geigerzähler knattert ja wie verrückt«, sagte Celine hinter ihm. »Ist alles in Ordnung?«

»Die Werte schwanken extrem. Gerade pendeln sie zwischen acht und zwölf Mikrosievert pro Stunde.«

»Und ist das schlimm?«

»Nicht so schlimm wie ich dachte. Ein Röntgenbild zu machen sind ungefähr zehn Mikrosievert. Also ist das gerade so, als würde wir pro Stunde ein Röntgenbild machen.«

»Gesund ist das nicht.«

»Nein, aber es ist noch im vertretbaren Rahmen.«

»Ist das Licht da vorne?«

Henry sah auf. Über ihnen schimmerten in der Dunkelheit einzelne graue Lichtflecken und als sie höher stiegen, erkannte er, dass Trümmer aus Stahlstreben und Steinbrocken den Tunnel versperrten. Dahinter war ein dunkelgrauer Himmel, und er glaubte das Rauschen von Wellen zu hören.

»Gab es hier nicht eine Tür?«, fragte Celine, als sie keuchend neben ihm stehenblieb. Henry deutete auf verrußten Stahl unter den Trümmern. »Sie ist wohl aus den Angeln gerissen worden. Wir haben Glück, dass der Tunnel nicht eingestürzt ist. Komm, wir können uns einen Weg freimachen. Packst du mit an?«

Sie stemmten sich zusammen mit ganzer Kraft gegen einen der verkohlten Stahlstreben. Ächzend gab er schließlich nach und sie stießen ihn nach draußen, bevor sie gemeinsam große Steinbrocken aus dem Weg hievten. Nach einigen Minuten kletterten sie schließlich über die Trümmer an die Oberfläche. Schwer atmend, die Scheiben ihrer Gasmasken beschlagen, standen sie in den Ruinen des einst schönen Strandhauses.

»Oh mein Gott.« Celine schlug die Hände über dem Kopf zusammen.

Henry hatte mit dem Schlimmsten gerechnet, aber der Anblick verschlug ihm die Sprache. Der Himmel war mit einer finsteren Wolkenschicht bedeckt, die am Horizont mit dem ebenso schwarzen Meer zusammenfloss, wie eine Decke aus Schiefergestein. Unwillkürlich musste er an Mordor denken, aber selbst das Reich Saurons in *Der Herr der Ringe* wirkte in seiner Fantasie lebensfreundlicher als die Verwüstung vor ihm. Der Strand war verschwunden, der Sand gelblich-schwarzem Glas gewichen, deformiert, wie ein aus dem Erdreich gebrochener Tumor. Überall lagen die Kadaver von toten Walen und Fischen, aus deren grünlichen, verwesten Fleisch weiße Rippen ragten. Gekochter Seetang trieb über den grauen Wellen.

Der Geigerzähler in seiner Hand piepste wild.

Celine deutete auf die Wale. »Was haben wir diesem Planeten nur angetan ...«

»Der Steg ... mein Boot«, murmelte Henry, den Blick auf die Stelle gerichtet, wo nun die zerfetzte Flosse eines Wals moderte. »Erinnerst du dich an meine Jolle?«

»Wie könnte ich die vergessen. Du hast damit während der Party dauernd geprahlt.«

»Mein Vater hatte sie mir zum achtzehnten Geburtstag geschenkt. Du weißt nicht, wie viele Erinnerungen ich damit verbinde, wie viele Sommer ich mit Freunden, ein paar Flaschen Moët und unserer Freundinnen rausgesegelt bin ... und jetzt ... «

»Ah halt deine wohlstandsverwahrloste Klappe«, Celine stieß ihm gegen die Schulter. »Was macht das Geigerding?«

Henry sah auf den gelben Kasten in seiner Hand. »Wir sind bei dreißig, nein, vierzig Mikrosievert. Das ist echt nicht gut.« Er trat einen Schritt vor. Plötzlich schossen die schwarzen Zahlen auf dem Bildschirm weiter in die Höhe. »Jetzt ... zeigt es eintausend Mikrosievert die Stunde ... tausendzweihundert .... zweitausend .... siebenhundert«, er trat einen Schritt zurück. »Jetzt ist es wieder heruntergesprungen ... Warte.« Er ging in die Hocke und hielt den Geigerzähler an die Asche zwischen den verkohlten Trümmern.

Der Geigerzähler schlug auf fünftausend Mikrosievert aus, bevor die Einheit umsprang. »Fünf Millisievert die Stunde, sieben, neun, zwölf, fünfzehn bei der Asche.«

»Was bedeutet das?« Celine trat von einem Fuß auf den anderen. Der Boden knirschte unter den dicken Sohlen.

»Mehr als hundert Millisievert pro Jahr sollten wir nicht abbekommen, wenn wir nicht unsere Chancen Krebs zu bekommen, signifikant erhöhen wollen.«

»Wir sind bei fünf die Stunde, wenn wir hier herumstehen?«

»Ungefähr ... im Schnitt. Es schwankt. Die radioaktiven Partikel sind nicht gleichmäßig verteilt.«

»Das heißt, wir sollten nicht mehr als zwanzig Stunden im Jahr hier hochkommen?«

»Ein paar mehr würden uns nicht sofort umbringen, akut gefährlich wird es erst im Sievert-Bereich, aber fürs erste wäre es klüger unten zu bleiben ... Wobei, die Strahlung wird weiter abnehmen.«

»Das ist hier echt unheimlich«, sagte Celine und dann stockte sie und deutete auf den Himmel. »Ist das Schnee?«

Henry runzelte die Stirn und sah auf. Zuerst sah er nichts außer einem Flimmern unter der schwarzen Wolkendecke, aber dann sah er sie auch, ganz viele sich bewegend Punkte.

Graue Flocken tänzelten vom Himmel. Die ersten kleinen Eismandalas landeten bereits auf der Scheibe seiner Gasmaske, direkt vor seinen Augen.

»Henry?«

»Ja?«

»Warum schneit es mitten im Sommer?«

»Das nennt man Nuklearen Winter. Die Asche der vielen Detonationen verdeckt die Sonne, sodass kein Licht mehr auf der Erdoberfläche ankommt. Wir haben eine neue Eiszeit. So ähnlich wie nach der Toba-Katastrophe vor siebzigtausend Jahren. Damals brach ein Supervulkan aus und seine Asche verdeckte für Jahre die Sonne. Die Kälte dezimierte unserer Vorfahren auf ein, zweitausend Überlebende weltweit, sodass ein Bottleneck entstand. Das ist das, was ich ...«

»Erspar mir deine Geschichtsvorlesungen. Wie lange wird das dauern?«

»Bis die Sonne wieder zu sehen ist und die Welt auftaut? Je nachdem, wie viele Bomben explodiert sind. Irgendetwas zwischen fünf und zehn Jahren.«

»Zehn Jahre keine Sonne mehr?« Sie schien zu schwanken. »Henry, weißt du was das bedeutet? Keine Photosynthese mehr, keine Nahrung. Alles wird sterben. Alle Pflanzen, alle Algen, mit ihnen die Meere und Wälder, Tiere ... alle Acker werden zu nutzlosem Schlamm ... die Menschheit wird verhungern.«

»Alle Menschen, die nicht in einem Bunker wie wir auf riesigen Vorräten sitzen oder irgendwelche unterirdischen Farmen mit Kunstlicht haben, um sich versorgen zu können ... Ja, sie werden verhungern.«

Eine Schneeflocke landete auf dem Geigerzähler, der plötzlich laut knackte. »34 Millisievert«, las Henry tonlos vor und es fuhr ihm eiskalt den Rücken herunter. »Der Schnee ist verseucht. Wir sollten rein.«

»Und das schnell«, sagt Celine, die in die Ferne starrte. »Das ist mir zu unheimlich hier. Ich halte das nicht aus. Los gehen wir.« Sie winkte zum Eingang. »Nach dir.«

»Nichts dagegen«, sagte Henry und stieg die Treppenstufen wieder hinab. Celine folgte ihm kurz darauf, nachdem sie noch einen Augenblick in die Ferne starrte.

15

Trotz des Morphiums weinte und schrie Sarah die halbe Nacht vor Schmerzen. Scott saß neben ihr. Die ganze Nacht verbrachte er damit, Sarahs Wunden zu versorgen. Er kochte ihr Suppen und gab ihr die letzten Antibiotika. Gegen Morgengrauen schlief sie ein. Nachdem Scott sie auf die Ladefläche gelegt und das verwesende Beine ins Meer geschleudert hatte, wusch er darin das Blut von seinen Händen. Sein Frühstück – etwas trockenes Brot und Dosenbohnen - erbrach er wieder. Schwarze Flecken tanzten vor seinen Augen. Seine Wirbel und Gelenke knackten bei jedem Schritt, aber nachdem er sich vergewissert hatte, dass Sarah nicht mehr blutete und einen stabilen Puls hatte, küsste er sie auf die Stirn und brach wieder auf zur Suche nach dem Bunker, ihrer letzten Hoffnung.

Er stieg gerade durch die schwarzen Überreste von Tragebalken einer Ruine und versuchte zwischen ihnen hindurch zu spähen, ob unter ihnen möglicherweise der Zugang zu dem Bunker lag, den er suchte, als er Stimmen hörte. Sein Herz pochte.
Nur vielleicht einhundert Meter entfernt, zwei, drei Villen weiter, standen zwei gelbe Gestalten.

Sie trugen gelbe ABC-Schutzanzüge und Maschinenpistolen. Beide hatten ihm den Rücken gekehrt und eine von ihnen deutete auf die toten Wale. Er konnte nicht verstehen, worüber sie sprachen, aber instinktiv legte er sich auf den Boden und zielte auf sie mit seinem Gewehr. Seine Hände zitterten, aber aus dieser Entfernung konnte er sie sicher treffen, bevor sie ahnten, dass er überhaupt da war. Bevor sie eine Chance hatten. Aber sollte er schießen? Oder sollte er sie um Hilfe fragen? Sie mussten aus dem Bunker sein. Vielleicht war einer von ihnen der alte Sullivan und würde ihn erkennen? Aber was, wenn sie ihn angreifen würden wie der Vater bei dem Wagen? Gegen zwei so gut Bewaffnete – und wer weiß wie viel mehr von ihnen im Bunker waren – hatte er ohne Überraschungsmoment keine Chance.

Sein übermüdeter Verstand kreiste zwischen Handlungsoptionen, als eine der beiden Personen im gelben ABC-Schutzanzug sich zu ihm umdrehte und ihn anstarrte.

Scott atmete tief ein und zielte auf sie. Sollte er schießen? Sollte er aufstehen, winken und um Hilfe rufen? Er atmete aus und sein Finger sank auf den Abzug hinab – da winkte die Person plötzlich der anderen zu.

Scott hielt inne, wollte aufstehen und zurückwinken. Aber statt auf ihn zuzugehen, verschwand die andere Person plötzlich im Boden. Er visierte die zweite Person an, die die ihn anscheinend gesehen hatte und ihn noch immer anstarrte, noch immer unentschieden, zögernd, dann verschwand auch sie.

Scott atmete tief ein und sprang auf. Er sah zurück zu dem Wagen, in dem seine Frau schlief, dann zu den Ruinen, wo der Eingang zum Bunker sein musste.

Er dachte nach.

Hatten die beiden ihn nun gesehen? Es schien so, zumindest die eine, die kleiner Gestalt, hatte ihn direkt angestarrt - aber warum waren sie dann wieder unter die Erde gegangen? Oder hatte er den Blick aus der Ferne falsch interpretiert? Schließlich war er auch gar nicht so leicht zu erkennen.

Ein grauer Fleck landete auf dem Glas seiner Gasmaske. Irritiert sah er auf und sein Gedankenfaden brach ab.

Es schneite. Gräuliche Schneeflocken tänzelten überall um ihn herum zu Boden, landeten auf seiner Jacke und sickerten kalt durch sein Haar. Der nukleare Winter hatte begonnen und mit ihm der radioaktive Niederschlag. Scott sprang auf und rannte los.

16

Sie hatten die Schutzanzüge dekontaminiert und sich geduscht. Nun saßen sie mit nassen Haaren in Bademänteln in der Küche und aßen. Celine schwieg und stocherte nachdenklich in ihrem Essen herum.

»Alles gut bei dir?«, fragte Henry.

Celine schreckte kurz auf, als hätte er sie aus tiefen Gedanken gerissen. »Ja, alles gut. ... Ich habe nur einfach keinen Appetit mehr. Willst du etwas vom Thunfisch haben?«

»Nein Danke«, sagte Henry, der auf seinen Bohnen in Tomatensoße kaute.

»Wirklich nicht? Ich schaffe den Rest nicht mehr«, sie hielt ihm die Dose mit den glänzend gräulich-rosanen Thunfischfleischstücken vor die Nase. Er wandte sich naserümpfend ab.

»Zum dreizehnten Mal. Ich bin Veganer, falls du das noch immer nicht verstanden hast.«

»Hätte ich mir denken können, dass du nicht nur ein Softie, sondern auch einer dieser grünen Baumkuschler bist. Wahrscheinlich auch noch PETA-Mitglied gewesen?«

»Es geht mir weniger um das Tierwohl. Sondern um den Umweltschutz und Klimawandel. Es ist einfach irrational und unökonomisch Tiere zu essen und dadurch massenweise CO2-Emissionen zu erzeugen, wenn wir direkt das essen können, womit wir sie füttern. Gerade du als Biochemikerin, die mir oben noch einen Vortrag über den Zusammenbruch des Ökosystem gehalten hat, solltest das verstehen.«

Sie rollte mit den Augen. »Du bist ein Idiot.«

»Warum bin ich schon wieder ein Idiot?«

»Erinnerst du dich nicht an unseren Spaziergang gerade? Das war vor quasi fünf Minuten? Auf der Erde herrscht nun eine Eiszeit. Etwas Klimawandel und wärmere Temperaturen wären gerade ziemlich praktisch. Abgesehen davon, dass der Thunfisch nun schon in der Dose ist und wir uns keine Verschwendung leisten können.«

»Ich verstehe trotzdem nicht, wie du Fisch essen kannst, nachdem wir die Wale gesehen haben. Das hätte mir den Appetit auf Fisch ordentlich verdorben.«

»Wale sind Säugetiere«, sagte sie und zuckte mit der Schulter. »Dann stell ich es halt in den Kühlschrank.« Sie stand auf, um den Thunfisch in eine Box umzuschichten.

Henry lehnte sich auf seinem Stuhl zurück und zog eine Schachtel Zigaretten aus der Hosentasche. »Willst du eine Kippe?«

Er hielt Celine die offene Schachtel hin, aber sie dreht sich nicht einmal um und schüttelte den Kopf. »Nein, Danke.«

»Okay«, sagte er und zündete sich eine an. Er nahm einen tiefen Zug und runzelte die Stirn. »Woher der plötzliche Sinneswandel? Versuchst du mit dem Rauchen aufzuhören?«

»Während unseres Spaziergangs gerade sind mir ein paar Dinge klargeworden. Und ja, ich werde vorerst nicht mehr rauchen.« Sie schloss die Kühlschranktür und setzte sich ihm gegenüber.

»Und dass nachdem du mich dazu gebracht hast damit anzufangen«, er nahm einen tiefen Zug und blies den Rauch zur Decke. »Bisschen unfair.«

»Ich habe gar nichts getan. Das hast du dir deiner eigenen Willensschwäche zuzuschreiben.«

»Warum?«

»Ich habe dich nie dazu ermuntert es zu tun ...«

»Nein, warum du aufgehört hast, meinte ich.«

Sie sah zum Boden und strich sich eine Strähne hinters Ohr. »Nun ... Es ist mir auch erst jetzt klar geworden, aber ich befürchte, ich bin schwanger.«

»Was?« Sein Mund klappte auf.

»Was gaffst du mich so an, wie ein Pavian?«

»Ich weiß nicht, was ich davon halten soll ...«

»In neun Monaten unser Kind in den Armen wie es aussieht.«

»Hast du das mit Absicht getan?«

»Nein ... Aber wir können nichts mehr dagegen tun.«

»Das ist nicht lustig«, sagte er und zog energisch an seiner Zigarette. »Du verarscht mich, oder? Versuchst du einen grausamen Scherz mit mir zu machen, weil dir die Filme zu langweilig geworden sind?«

»Hältst du mich wirklich für so niederträchtig?«

»Manchmal ...« Sie hob die Augenbrauen. »Aber eigentlich nicht, nein.« Er zog an der Zigarette. »Du hast doch gerade deine Periode. Das ist biologisch nicht möglich gleichzeitig schwanger zu sein. Das solltest gerade du wissen.«

»Eben nicht. Ich habe keine Menstruation. Ich hatte gestern eine leichte Schmierblutung.«

»Und wer ist der Vater? Doch nicht ich?«

»Es kommt niemand sonst in Frage.«

»Aber wir haben doch verhütet, sogar mit Kondom.«

»Nun, nicht so konsequent. Erinnerst du dich ... Zwischen der ersten und der zweiten Runde, da hast du mich ... Nun danach hast du zwar ein neues Kondom genommen, aber es könnte ...«

»Nein«, er packte sich am Kopf.

»Erinnerst du dich nicht daran?«

»Nein ... Oder doch ... Aber verschwommen nur, ich war ziemlich betrunken, ich ... dachte du nimmst die Pille?«

»Habe ich das letzte Mal glaube ich an dem Tag bevor wir uns getroffen haben. Ich bin da manchmal etwas ... vergesslich ... und hier im Bunker gab es keinen Nachschub ... und naja, keine Verhütungsmethode ist hundert Prozent sicher.«

»Das ist so unwahrscheinlich alles. Ich glaube nicht, dass du schwanger bist.«

»Ich hoffe das auch. Das ist das letzte, was ich gerade brauche, aber es ist eine Möglichkeit, eine sehr wahrscheinliche, so wie es sich anfühlt ...«

»Du hast noch keinen Test gemacht, oder?«

»Nein, habe ich nicht. Wir haben auch leider in diesem drei Sterne Bunker keine.«

»Woher willst du dann überhaupt wissen, dass du schwanger bist?«

»Es fühlt sich so an. Von meiner Körpertemperatur, von der Viskosität ... von vielen Symptomen her. Es erscheint mir sehr wahrscheinlich ... und ich kenne meinen Körper eigentlich ziemlich gut.«

Er starrte auf seinen Teller und rieb sich die Stirn.

»Bist du wütend?«, fragte sie.

Er seufzte. »Ich weiß es nicht ... Ich ... bin verwirrt und ich will es eigentlich nicht glauben. Aber selbst wenn es wahr sein sollte … Eigentlich ist das nicht schlecht, so vernünftig betrachtet. Wir brauchen Kinder.«

»Was? Bist du bescheuert? Wenn ich könnte, würde ich abtreiben. Bist du dement? Oder hast schon wieder verdrängt, wie es an der Oberfläche aussieht? Wer will ein Kind in eine Welt wie diese setzen?«

»Ich! Erinnerst du dich, als ich gesagt habe, dass wir die Gründungsmütter und -väter der neuen Zivilisation werden? Das hier ist ein Bottleneck-Event, also …«

»Ich weiß, was ein Bottleneck in der Evolution ist. Unsere DNA wird durch das Massensterben und unsere Fortpflanzung die Ausgangsbasis für den zukünftigen Genpool unserer Spezies. Eines ziemlich inzestuösen Genpools …«

»Das ist aber unsere Chance ein Vermächtnis zu bauen«, er beugte sich vor, die Hände zusammenfaltend und mit einem unheimlichen Funkeln in den Augen. »Unsere Chance Geschichte zu schreiben, mit jedem Kind, das wir zeugen einen neuen Ast in der zukünftigen Genealogie der Menschheit zu schaffen. Das ist fast schon biblisch.«

»Was für ein stumpfes Akademikergeschwafel …«, sagte sie spöttisch, aber gleichzeitig breit lächelnd, als wäre das genau das gewesen, was sie hören wollte.

Da ertönte plötzlich ein lautes Hämmern durch den Bunker. Celine und Henry erstarrten und sahen sich einander an. Noch ein Hämmern und ein weiteres, und noch eins.

»Das ist ein Angriff ... «, sagte Celine und stand auf, ihr Blick wanderte durch den Raum. Henry sprang von seinem Stuhl und lief in den Flur, wo er zum Eingang deutete.

»Die Tür! Jemand klopft.«

»Jemand versucht hier einzubrechen.«

17

»Scott ... Du bist wahnsinnig«, schrie Sarah, die sich an ihren Sitz festklammerte, während der Wagen mit voller Geschwindigkeit über den verglasten Strand schepperte und schlitterte. Die Scheibenwischer sprangen hin und her, die wachsenden Schneemassen davonschleudernd, die sich andauernd auf der Kühlerhaube sammelten. Orange glühende Funken stoben links und rechts neben den Scheiben hoch. Die Achsen des auseinanderfallenden Wagens kreischten.

»Es ist unsere letzte Chance«, presste Scott zwischen den zusammengebissenen Zähnen hindurch, bevor er die Handbremse zog. Der Wagen schleuderte knirschend über den glasigen Grund. Die Airbags explodierten. Der Wagen kam direkt zwischen den Walen und dem Bunkereingang zum Stehen.

»Scott!«, schrie Sarah, den Airbag mit fuchtelnden Armen herunterdrückend, aber ihr Mann war bereits mit dem Gewehr umgehängt herausgesprungen.

»Ich liebe dich«, sagte er, nahm sie am Kinn und küsste sie. Sie erwiderte den Kuss überrascht, dann war er bereits aus dem Wagen gesprungen.

»Ich kehre gleich mit Hilfe zurück und dann sind wir endlich gerettet ... oder ich komme nicht mehr zurück, dann fliehe«, rief er.

»Wie denn? Ich habe nur noch ein Bein.«

Aber Scott rannte bereits, über die vom Schnee nassen Trümmer rutschend und kletternd. Er hievte sich über das Geröll und dann stand er schon im Tunnel, lief die Treppen hinab mit immer schneller schlagendem Herz. Er rannte und rannte, bis er die verschlossene Stahltür erreichte. Davor blieb er stehen, kämmte sich mit den Fingern die Haare zurecht und klopfte an, mit aller Kraft mit den Knöcheln auf den dicken, kalten Stahl schlagend. »Wir brauchen Hilfe!«, brüllte er.

18

»Jemand versucht hier einzubrechen«, schrie Celine.

»Jemand ... jemand muss uns gesehen haben«, sagte Henry und schritt auf die verriegelte Stahltür zu, durch die das Klopfen hallte. »Vielleicht braucht er oder sie ... oder sie brauchen ... unsere Hilfe?«

Er wollte zur Tür gehen und sie öffnen, aber Celine stellte sich ihm in den Weg.

»Stopp!«, schrie sie und packte ihn an der Schulter. »Wer auch immer das ist. Wir können niemanden hier reinlassen.«

»Was? Warum nicht? Wir könnten helfen.« Henry sah verdattert zwischen ihr und der Tür hin und her. Das Klopfen wurde lauter, dringlicher und er glaubte eine ferne, undeutliche Stimme zu hören.

»Nein, wir können nicht helfen.« Celine stampfte mit dem Fuß auf.

»Was redest du da? Wir haben Essen, Medikamente, Schlafplätze.«

»Wie viel davon?«, fragte sie und stemmte die Hände in die Hüften.

»Das weißt du doch selbst. Ein ganzes verfluchtes Lager«, er versuchte sie aus dem Weg zu schieben, aber sie packte ihn an den Armen.

»Für wie lange reicht das für uns beide?«

»Keine Ahnung. Aber es ist verdammt viel ...«

»Ich habe vor ein paar Tagen mal nachgerechnet. Wir haben Nahrung für zwei Personen für ungefähr fünf Jahre.«

»Habe ich doch gesagt. Verdammt viel.« Er wollte sich aus ihrem Griff winden, aber sie drückte nur noch fester zu.

»Und wie lange wird der Nukleare Winter dauern, der verhindert, dass Nahrungsmitteln nachwachsen können?«

»Bis zu zehn Jahre«, sagte er und sein Mund blieb offen stehen. »Oh ...«

»Fünf minus Zehn ist wie viel? Ich weiß im Geschichtsstudium kommt nicht viel Mathe vor, aber zumindest so viel solltest du dir ausrechnen können.«

»Minus fünf ...«

»Exakt. Wir haben eigentlich zu wenig Essen für uns selbst, geschweige denn für ein Kind oder mehrere davon. Wenn wir irgendwen helfen, dann verurteilen wir uns selbst zum Hungertod. Vor allem wissen wir nicht, wer das ist und wie viele Menschen vor unserer Tür stehen.«

»Aber wenn wir nicht helfen, sterben sie ... sie sterben vor unserer Tür.«

»Oder wir sterben. Weil das erste, was passiert, wenn wir öffnen, ist, dass uns eine zwölfköpfige Bande von

Plünderern Kugeln in den Kopf jagt, oder dich überwältigt und mich vergewaltigt.«

»Das ist doch absurd«, sagte er. »Höchstwahrscheinlich sind das ein, zwei, drei Personen, die durch ein Wunder überlebt haben und unsere Hilfe suchen. Es könnte meine Mom sein!«

»Das können wir nicht wissen und wir können es uns nicht leisten es zu riskieren das herauszufinden.«

»Aber ...«

»Wenn wir hier irgendjemand reinlassen, dann werden im schlimmsten Fall wir umgebracht und im besten Fall müssen wir unsere Ressourcen teilen. Und damit würden wir uns selbst zu einem Hungertod in der Zukunft verurteilen ...«

»Aber ...«

»Henry. Du bist doch ein kluger Mann«, sie trat einen Schritt auf ihn zu, sodass er ihren Atem an seinen Wangen spürte. »Du musst doch erkennen, dass es in unserem rationalen Eigeninteresse ist, diese Tür geschlossen zu halten.«

»Sie zu öffnen ist vielleicht nicht in unserem Eigeninteresse, aber es wäre das moralisch Richtige, das Gute.«

»Wäre es das? Haben wir nicht eine höhere moralische Verpflichtung gegenüber unserem Überleben und der Zukunft der Menschheit?«

»Was? Wie meinst du das?«

»Du willst doch erleben, wie die Menschheitsgeschichte weitergeht? Du willst doch Gründungsvater der neuen Zivilisation werden, oder?«

»Ja, aber ...« Er starrte noch immer auf die Tür. Das Klopfen schien noch lauter und beharrlicher zu werden.

»Kein aber. Wenn du die Tür aufmachst, dann wirst du kein Gründungsvater mehr, kein Adam, vielleicht nicht einmal ein einfacher Vater. Wenn du willst, dass wir beide und die Menschheit überleben, musst du halt lernen nicht so eine Memme zu sein und eine harte Entscheidung treffen.« Celine starrte ihn mit flammenden Augen an.

»Okay, aber ... Wir können doch nicht einfach das ignorieren ...«

»Doch«, sie starrte ihm in die Augen. »Können und müssen wir. Für mich, für dich, für unser Kind, für die Zivilisation.«

Ein weiterer Schlag hallte durch die Tür, nun schwächer, fast verzweifelt klingend. Henry wandte den Blick ab und starrte zur Decke. »Du hast recht.«

»Natürlich habe ich das.« Celine lächelte und warf ihre Haare zurück. »Wie stabil ist diese Tür?«

»Sie wurde gebaut, um Explosionen standzuhalten. Ich glaube nicht, dass jemand hier reinkommt, wenn wir das nicht wollen.«

»Ausgezeichnet. Dann müssen wir darauf warten, bis sie müde werden und weiterziehen.« Ein weiterer Schlag ertönte von der Tür.

»Ich ertrag das nicht ...«, murmelte Henry. Celine nahm ihn am Kinn und streichelte sein Gesicht. »Es ist hart, aber es ist das Richtige.« Er starrte in ihre großen, blauen Augen, die ihn anlächelten. Ein weiterer Schlag. Henry zuckte zusammen, aber dann nickte er.

Celines Hand wanderte von seinen Wangen hinab und umschloss seine Finger, wobei sie beiläufig mit einem Finger den Gürtel um ihren Bademantel löste.

»Komm«, sagte sie und führte ihn Richtung Schlafzimmer. »Ich weiß einen ausgezeichneten Zeitvertreib, der dich dein Gewissen sehr schnell vergessen lassen wird, und vielleicht ... vielleicht macht er dich dabei noch zu einem richtigen Mann ... oder zumindest garantiert zu einem richtigen Gründungsvater.«

19

»Lasst mich rein! Lasst zumindest meine Frau rein!«, schrie Scott und schlug mit der Faust erneut auf den kalten Stahl, obwohl seine Finger bereits heiß glühten und anschwollen. Er hatte sich sicherlich mehrere Handknochen gebrochen, aber unbeirrt schlug er immer fester drauf. »Bitte! Habt Erbarmen! Ich weiß, dass ihr mich gesehen habt. Ihr könnt jetzt doch nicht so tun, als wärt ihr nicht da. Ich tue alles ... Aber lasst sie rein! Lasst meine Sarah rein!« Er schlug und schlug, aber die Tür rührte sich nicht.

Nach einer Weile wurden seine Schläge schwächer. Er sackte zusammen, erschöpft und die Maskengläser nass von Tränen. Er klopfte ein letztes Mal mit seinen zerschmetterten Knöcheln, dann stemmte er sich auf die Beine und taumelte wie betrunken zu den Stufen.

»Ich weiß, dass ihr da seid, ihr Arschlöcher! Ich habe euch gesehen! Ich pisse euch in die Lüftungsschächte, ich werde hier lauern, ich werde ...« Er stolperte die Stufen rückwärts hinauf und zog das Gewehr von seinem Rücken. Sein Daumen klappte den Schalter auf Vollautomatik und sein geschwollener Zeigefinger fand den Abzug. Er drückte mit aller Kraft durch. Mündungsfeuerblitze blendeten ihn.

Seine Trommelfelle barsten beinahe unter dem Donnern ratternder Schüsse in dem engen Tunnel. Zurückprallende Kugeln und Querschläger zischten ihm um die Ohren; heiße Patronenhülsen streiften seine Arme. Aber er drückte durch, bis das Gewehr in seiner bebenden, zertrümmerten Hand leer klackte und er ganz benommen und blind hin und her schwankte. Er spürte heißes Blut in seinen Ohren. Seine Beine wackelten wie Pudding. Er blinzelte, bis das Klirren in seinem Schädel zu einem kaum hörbaren Summen verstummte. Weiße Flecken und Streifen kreisten vor seinen Augen. Die Finsternis schwankte in weiß leuchtende Quader auf, die Tür öffnete sich in einen hell erleuchteten Korridor, aber als er erneut blinzelte, verschwanden diese optischen Täuschungen. Er fand sich in absoluter Finsternis wieder.

Scott stieg die Stufen hoch zurück in die dunkle Welt des Fallouts. Als er die oberste Stufe erreicht hatte, brach er zusammen und blieb einfach im kalten Schnee liegen, das Gesicht tränenüberströmt.

»Scott? Scott!«, hörte er Sarah rufen.

»Ich habe versagt ... Ich habe versagt ...« Er weinte hemmungslos. Durch die dicke Panzertür des Bunkers gab es kein Durchdringen.

Weder konnte er sich den Weg reinsprengen ohne sich selbst zu begraben, noch konnte er sich ohne Industriewerkzeug hineinschweißen. Alles war verloren ... der radioaktive Schnee würde sie umbringen.

»Scott! Da kommt etwas auf uns zugeflogen!«

Scott blinzelte und stemmte sich verwirrt auf. Tatsächlich. Trotz des nachhallenden Klirrens in seinen Ohren konnte er wie durch Watte das unverkennbare Brummen von Hubschraubern hören. Schlagartig sprang er auf und lief über den Strand zum Wagen.

Er winkte mit beiden Armen, während zwei große Militärtransporthubschrauber – Ospreys mit Flügeln, an denen Propeller ratterten - über die Ruinen hinweg auf sie zu flogen. Die Asche und der Schnee wirbelten auf, als eine der beiden Maschinen vor ihnen landete, während die zweite große Kreise unter der schwarzen Wolkendecke drehte.

Die Ladeklappe flog auf und Soldaten in Schutzanzügen, mit Maschinenpistolen im Anschlag, kamen links und rechts heraus und stellten sich auf. In der Mitte kam eine einzelne Frau mit einer Gasmaske und Majorsabzeichen auf der Schutzkleidung die Laderampe herunterstolziert.

Unwillkürlich nahm Scott Haltung an, stellte sein Gewehr zu seinem Fuß ab und hob die geschwollene Hand zum Salut an die Stirn.

»Rühren Soldat«, bellte die Offizierin. »Ich habe gute Nachrichten für euch. Ihr seid gerettet. Wir haben den Krieg gewonnen. Unsere Feinde wurden restlos vernichtet. Die Küsten haben zwar Schaden genommen, aber dank unserer überlegenen Raketenabwehrsysteme ist das Inland weitestgehend unbeschadet. Die Regierung baut von dort unser Land und die menschliche Zivilisation wieder auf. Wir sind euer Evakuierungstaxi.« Sie machte eine einladende Bewegung in das Innere des Hubschraubers. »Entschuldigen Sie die kleine Verspätung. Die Luftsicherheitstechniker haben die letzten Tage etwas viel von Asche und Ionen gemeckert und uns keine frühere Starterlaubnis gegeben. Erst als klar wurde, dass es sowieso nur noch schlimmer wird, brachen wir auf.« Sie sah zum Himmel und wischte sich etwas Schnee von den Schulterklappen.

An der Offizierin liefen vier Sanitäter in rot-gelben ABC-Schutzanzügen mit einer Trage vorbei. Sie halfen Sarah aus dem Wagen heraus und trugen sie in das Innere des Hubschraubers, während einer von ihnen bereits ihren Beinstumpf untersuchte.

Die Offizierin drehte sich zu ihnen um und brüllte »Beeilung! Wir haben nicht mehr viel Zeit bis der Schneesturm hier eintrifft«, bevor sie sich wieder zu Scott wandte: »Wie Sie hören, haben wir es eilig. Den Prognosen nach soll hier bald alles für Jahre unter meterdicken Eis und Schnee versinken. Daher: Kennen Sie den Standort möglicher anderer Überlebender? Das ist die letzte Möglichkeit sie zu evakuieren und wir wollen so viele wie möglich retten.«

Scott zögerte kurz, dann schüttelte er den Kopf. »Nein, leider nicht.« *Auge um Auge, Zahn um Zahn.*

Als er in den Transporthubschrauber einstieg, die Hand von Sarah haltend, grinste er. Sein Grinsen wurde noch breiter, als er die anderen Passagiere sah. Der Revolvermann mit seiner Frau und seiner Tochter saßen dort bereits angeschnallt. Der Vater starrte Scott wütend an und hob die bandagierte Hand, aber als Scott sich ihm gegenübersetzte und ihre Blicke sich trafen, mussten beide lachen - ein Lachen der Erleichterung, ein freundschaftliches Lachen der Versöhnung. Die Ladeklappe wurde geschlossen, Sarah festgeschnallt und während der Hubschrauber brummend in die Höhe stieg, wandte sich Scott zu dem Soldaten um, der neben ihm saß.

»Ein Wunder, dass das Inland überlebt hat«, sagte Scott zu dem Mann. »Ich wusste gar nicht, dass es effektive Abwehrsysteme gegen nukleare Interkontinentalraketen gibt.«

»Kamerad, mal unter uns: Die gibt es auch nicht, oder zumindest offiziell gab es die nie«, entgegnete der Soldat.

»Wie hat dann das Inland überlebt?«

»Hat es das? Soweit ich weiß, haben wir keine Ahnung, egal was die Frau Major erzählt. Wir haben die letzten Tage in einem Bunker verbracht. Alle Kommunikationssysteme sind im Arsch. Ab und zu kommen fragmentierte Funksprüche durch von anderen versprengten Kompanien, aber niemand weiß wirklich etwas. Nur wilde Gerüchte.«

»Wohin fliegen wir dann?«

»Zuerst zu unserem kleinen Außenposten und danach.« Der Soldat zuckte mit der Schulter. »Die Frau Major hat sicher einen Plan.«

Bisher sind folgende Bücher von/mit Nikodem Skrobisz alias Leveret Pale erschienen:

Romane:

Die Rückkehr der Götter: Elirium Saga I
Das Erwachen des letzten Menschen
Crackrauchende Hühner: Nihilist Punk
Königsgambit: Elirium Saga II
Der Apfelsmoothie der Erkenntnis: Nihilist Punk II
Der Faschist
Die Nacht danach

Anthologien:

Wahnsinn – 13 verstörende Geschichten
Wahn – denn den Sinn habe ich erschossen
Wenn Soziopathen träumen
Noir Anthologie 1
Vollkommenheit
Abgeranzte Liebe
D-Files
S-Files
Abgefuckte Welt
Menschen und andere seltsame Wesen
M-Files

Weitere Informationen und weiterführende Artikel zum Thema auf https://leveret-pale.de